Tome 2

Au-delà des apparences

 Résumé

Le passé a forcément des conséquences sur l'avenir, je ne fais pas exception, les miennes me mènent tout droit dans un centre psychiatrique. J'espérais y retrouver l'amour, le seul et l'unique, avec l'homme qui m'a fait passer la plus belle période de ma vie, et enfin pouvoir reprendre notre relation là où elle s'était arrêtée. Sauf que tout est bien plus compliqué que prévu. Tout a changé.

Une rencontre déroutante va tout remettre en question, en plus de m'ouvrir les yeux. Puis-je réellement oublier toutes ces années ? Et si chaque personne qui croisait ma route ne faisait que semer des embûches sur mon chemin ? Qui croire ? En qui avoir confiance ?

Je ne suis qu'un petit oiseau qui a besoin qu'on lui apprenne à voler. Tout le monde a toujours attaché mes ailes, mais aujourd'hui je suis prête à les déployer.

Romantic Suspense

Contient des scènes de relations explicites, de viol, de violence, de torture et de meurtre. Ne convient pas à un jeune public.

Cette histoire est une fiction. Les personnages, lieux, péripéties ne viennent que de l'inspiration de l'auteur. Toute ressemblance avec des situations existantes serait inopinée.

Montage couverture : Julie Fouret

E-mail : Thaniaodyne@gmail.com

ISBN : 979-10-96798-20-9

Chapitre 1

Ambre

Ce moment avec Jared a été hors du temps. Je savais déjà qu'il surpassait tout ce que j'ai connu, mais là c'est plus que ça. Il est un amant fabuleux, non pas que j'ai une grande expérience de la chose, mais le peu que j'en ai eu, ça n'a rien à voir.

Je sors de la salle de bain et sens qu'il est mal à l'aise. Il ne m'a rien promis et je n'attends rien de lui. Il m'a donné ce que j'ai réclamé et ça en reste là.

Bien sûr si une ouverture était possible, je serais une menteuse de dire que je ne tenterais pas ma chance. Il me plaît, c'est une évidence. Mais nos vies actuelles sont trop complexes pour penser à une quelconque relation.

Il ouvre la porte et mon cœur s'emballe. C'est trop beau pour être vrai ! Charlotte nous fait face, le visage crispé. Son ventre me rappelle à quel point je lui en veux. Bien sûr, elle n'est pas responsable de la situation, Maxime l'a choisie, mais j'ai envie de la faire payer au même titre.

Cette opportunité est à peine croyable. Je me pince pour être certaine que je ne rêve pas et revêts mon masque de garce.

Jared a l'air déconfit, mais moi je ne perds pas le nord.

— Maxime est un bon coup, mais Jared… C'est incomparable, lancé-je.

Elle me fusille du regard alors que je lui souris. Qu'elle me haïsse autant qu'elle le souhaite, c'est réciproque…

Je remonte tranquillement le couloir pour rejoindre la salle commune. Ma vengeance est en marche. Je fais cavalier seul à présent. Jared a son plan, mais il met trop de temps à le réaliser. J'ai besoin de voir les choses changer et avec ma petite réplique, je sens que ça va bouger. Maxime s'est joué de moi, à mon tour.

Cinq ans plus tôt

J'ai accompagné Maxime à l'aéroport. Je ne sais pas comment je tiens debout, mais je me trouve devant sa porte d'embarquement, seule.

Il y a quelques minutes, alors que nous devions nous quitter, je lui ai promis de le retrouver, promis qu'un jour, nous serons de nouveau réunis.

Nous sommes restés deux semaines chez lui, mais j'ai réussi à le convaincre de s'en aller. Plus le temps passait et moins j'en avais envie, sauf que je l'ai surpris au téléphone un soir. Il parlait d'un problème dans sa famille qui l'empêchait de partir. J'étais le problème et ne le supportais pas. Bien sûr que j'aurais aimé l'accompagner, continuer à vivre auprès de lui. Mais il en avait déjà tellement fait pour moi, bien plus que quiconque, je devais le laisser vivre sa vie.

Je suis totalement effondrée, les larmes qui débordent de mes yeux le prouvent. Un sanglot s'échappe de mes lèvres et une femme s'approche de moi, l'air inquiet.

— Vous allez bien, Mademoiselle ?

Ai-je l'air d'aller bien, franchement ?

Je ne prends pas le temps de répondre et pars en courant vers la sortie. J'ai besoin d'air. Je traverse le hall jusqu'à enfin arriver vers de grandes portes vitrées. Celles-ci s'ouvrent devant moi, sauf que je m'arrête net. En les franchissant, c'est comme si je quittais Maxime pour toujours, comme si une nouvelle page de ma vie s'ouvrait, sans lui. Mon cœur se serre à cette pensée, je m'en sens incapable. Il est mon pilier, la personne qui me maintient en vie et qui prend soin de moi. Que vais-je devenir sans lui ?

Je respire encore et encore puis finis par me décider à effectuer ces quelques pas, les plus difficiles à faire.

L'air vient me fouetter le visage, alors que des gouttes d'eau tombent sur moi. Je reste là, sous la pluie pendant ce qui me paraît des heures avant qu'un passant vienne s'inquiéter de mon sort. Sauf que je ne veux parler à personne d'autre que Maxime. Il est le seul à me comprendre, à me connaître réellement.

Je me mets à marcher, longtemps, sans but précis, jusqu'à ce que le froid qui me parcourt soit trop présent. Je décide alors de retourner à l'appartement. Maxime me l'a laissé, ainsi qu'un compte avec quelques économies à lui. Je m'en veux de profiter encore de sa générosité, mais sans lui, je serais à la rue.

Je gravis les marches et ouvre la porte par automatisme, mais le silence qui m'accueille est terrible. Mes mains tremblantes cherchent l'interrupteur et lorsque tout s'éclaire, je tombe à genoux sur le carrelage. Mes forces me lâchent, je suis désemparée. L'amour de ma vie est parti loin, il m'a laissée derrière lui. Je frappe le sol de mes poings jusqu'à ce que mes mains me fassent trop souffrir. La douleur m'aide, même si je ne peux pas oublier ma tristesse, c'est impossible.

Les jours qui suivent se passent dans un flou total jusqu'à ce que je remarque une boîte blanche posée sous la table basse.

J'essuie du bras les larmes qui ne cessent de couler le long de mes joues avant de la tirer vers moi.

J'ouvre le couvercle et reste un instant désarçonnée par son contenu.

J'attrape le tissu qui s'y trouve et le déplie. C'est un de ses tee-shirts que je lui empruntais pour dormir. Je l'approche aussitôt de mon visage. Son parfum se répand dans mes narines et je le respire comme une droguée en manque. J'ai l'impression qu'il est encore là, même si je sais que ce n'est pas le cas. Je n'ai aucune nouvelle de lui, j'ai essayé de le joindre sur son téléphone, mais je n'ai obtenu aucune réponse. Il m'a oubliée et avec cette boîte, j'ai un peu l'impression de le retrouver.

Je laisse tomber le vêtement au sol avant de reporter mon regard sur une feuille de papier qui traîne sur le fond en bois. Je m'en empare et me dépêche de lire ce qui y est inscrit.

« Ambre, mon soleil.

Nous avons passé des moments fabuleux et d'autres plus difficiles, mais je ne regrette rien. Tout ce que nous avons vécu, a fait ce que nous sommes aujourd'hui.

Je n'ai pas retrouvé ma liste alors je te la redonne pour qu'un jour tu sois heureuse et que tu trouves la paix que tu mérites.

- Fais-toi des amis, afin de ne pas rester seule à te morfondre.

- Ne cache plus tes failles, elles font de toi ce que tu es.

- Ne m'oublie jamais, pour te souvenir qu'un homme est capable de t'aimer.

- Prends confiance en toi, tu mérites le meilleur.

- Arrête les substances illégales, ça ne t'apportera rien de bon.

- Fais passer tes désirs avant tout, ne te préoccupe pas de ceux des autres.

- Prends soin de ton esprit et de ton corps, ne te fais plus de mal.

- Aie confiance en l'avenir, tout s'arrange toujours.

- Impose-toi, n'accepte que ce qui te convient.

Je te fais confiance pour la suite, tu t'en sortiras.

Je t'ai aimée comme aucune femme et tu resteras gravée en moi pour toujours, jamais je ne t'oublierai. Si un jour tu es en danger, n'hésite pas à venir à ma rencontre.

Nos chemins se séparent car le destin en a décidé ainsi.

Je t'aime Ambre, tu es celle qui m'a appris ce que ce mot signifiait alors merci pour tous ces moments passés ensemble. »

De rage, je remets tout dans la boîte avant de la replacer en dessous du meuble. Maxime pense-t-il réellement que je suis capable de faire tout ça ? Me connaît-il vraiment ?

Je m'effondre au sol en prenant conscience qu'il est parti, que c'est définitif, qu'à présent, je vais devoir me débrouiller sans lui. J'avoue qu'un faible espoir m'étreignait, il aurait pu faire demi-tour, revenir vers moi... Mais il est temps que je me rende à l'évidence, c'est terminé.

Une colère monte en moi. J'ai tout fait pour m'adapter à sa vie, pour être celle qui vivrait toujours à ses côtés et ne pas lui faire honte, sauf que sa fuite n'est pas anodine. Je n'ai pas réussi à être à la hauteur, je dois me rendre à l'évidence.

Sur une impulsion, j'attrape un manteau et sors de ce logement que je déteste à présent. Chaque recoin me rappelle Maxime et me fait d'autant plus souffrir, c'est insupportable !

Je dévale les escaliers jusqu'à me trouver dans la rue. Des passants me dévisagent, je baisse la tête et avance. Mes pas me portent sans que je ne réfléchisse, j'ai besoin de changement, besoin de m'éloigner.

Je marche de longues minutes sans but et finit par me retrouver coincée dans un cul-de-sac. Je lève enfin les yeux et me rends compte que cet endroit m'est familier. Je détaille la ruelle qui me rappelle tellement de souvenirs, tellement de choses que j'ai laissés derrière moi depuis des années et qui me rattrape aujourd'hui. J'en ai envie, besoin, je ne peux pas rester dans cet état, je ne le supporte plus et ne me tolère plus moi-même.

J'avance vers une porte bleue. Je ne sais pas si son propriétaire habite toujours ici, je n'y ai plus mis les pieds depuis Maxime.

Je frappe doucement et suis surprise que le battant s'ouvre quasiment aussitôt.

— Ambre ? C'est bien toi ? (Un homme, grand et bien bâti me fait face.) Je t'ai vue sur les caméras, mais je n'en croyais pas mes yeux.

Je croise les bras, mal à l'aise. J'ai disparu sans donner de nouvelles et je m'en veux un peu. En dehors de son boulot, Liam s'est toujours inquiété de mon sort. Il connaissait Greg, mon ex, et disait toujours que je méritais mieux que lui, mieux qu'un homme qui m'offre à d'autres, mais j'étais tellement naïve et droguée que je n'ai pensé qu'à le satisfaire.

Aujourd'hui, je me rends compte de tout ce que j'ai vécu et subis et je m'en veux d'avoir été aussi faible. Pourtant, je reviens vers ce monde malsain. Je ferais mieux de partir, c'est le mieux à faire. Je devrais rentrer à l'appartement, rien de bon ne peut m'arriver ici.

Je recule, mais Liam se décale de la porte en me faisant signe d'entrer. Ma raison me hurle de m'en aller très loin et pourtant, mes membres se mettent en marche et franchissent le seuil.

Lorsque la porte se referme derrière moi, un frisson me parcourt. Que suis-je en train de faire ?

— Pourquoi es-tu là ? Greg t'a cherché, tu sais...

Ma respiration se coupe à son évocation. Il est mon pire cauchemar et je me félicite de ne plus jamais l'avoir croisé. Je ne sais pas comment je supporterais d'être à nouveau en face de lui.

— Je... J'ai besoin de m'évader..., bafouillé-je.

Je triture mes mains, s'il n'accède pas vite à ma demande, je m'enfuis. Je suis mal à l'aise sous son regard.

— Pourquoi Ambre ? Je ne devrais pas m'inquiéter pour toi, mais permets-moi de me poser des questions. Tu disparais pendant deux ans et d'un coup tu veux des petites pilules alors que tu n'as pas l'air en manque.

Je passe une main tremblante sur mon visage, j'ai fait une erreur en venant le voir.

Machinalement, je m'avance vers la porte, sauf qu'une main agrippe mon bras, m'empêchant de m'en aller.

— Je n'ai pas dit que je ne t'en donnerais pas. Je veux juste être certain que tu n'es pas une taupe des flics ou autre.

— Bien sûr que non !

Il enlève ses doigts avant de faire quelques pas vers une commode dont il ouvre un tiroir.

Il en sort un petit sachet et revient vers moi.

— Tiens, c'est ce que tu préfères.

De l'ecstasy ! Mon corps reconnaît la substance et me la réclame. J'ai passé tant de temps loin de la drogue, je devrais continuer.

Je recule de quelques pas alors que j'ai envie d'attraper ce sachet, d'avaler ce comprimé et d'enfin tout oublier, de me sentir bien...

Liam sort la pilule de son emballage et me la tend.

— Prends-la Ambre et je saurai que je peux avoir confiance en toi.

— Non, je me suis trompée, je dois partir.

Je n'ai pas le temps de faire le moindre geste que Liam attrape ma mâchoire, me faisant ouvrir la bouche et fourre le comprimé à l'intérieur.

— Avale tout de suite ! m'enjoint-il fermement.

Il relâche sa prise sur mon visage et je ferme les yeux en poussant la petite étoile dans ma gorge. Liam me tend un verre d'eau que j'attrape sous son regard mauvais et bois une gorgée, faisant descendre le poison à l'intérieur de mon corps.

— J'espère pour toi que tu as de l'argent… Sinon il va falloir me rembourser en nature. Greg m'a tellement parlé de toi, je pourrais enfin me faire mon propre avis.

Mes poils se hérissent et je me jette sur la porte pour l'ouvrir. Je suis encore consciente de ce qui se passe et je dois m'enfuir avant que mon esprit s'embrume.

Liam explose de rire, alors que l'horreur de la situation dans laquelle je me suis moi-même mise me saute aux yeux.

Je fouille dans ma poche et trouve un billet que je lui lance avant de me mettre à courir dans la ruelle.

— Je plaisantais Ambre ! hurle Liam sur le pas de sa porte.

La peur parcourt mes veines alors que mes jambes flageolent.

Il fait nuit et par miracle, je finis par retrouver mon appartement. Juste à temps avant que ma déchéance commence. Le bien-être qui se diffuse dans mon corps est fabuleux. Toutes mes pensées disparaissent, ne laissant que du bonheur planer autour de moi.

Tout est parfait, jusqu'à la descente aux enfers. Mon corps n'est plus habitué et supporte très mal la drogue ingérée. Ma tête tambourine alors que mon estomac se rebelle. Mes toilettes deviennent mon meilleur ami et le manque qui se fait ressentir est trop difficilement supportable. Je sombre.

De nos jours

Ce flash de mon passé se répercute dans mon corps, c'est comme si je le revivais. Grâce à Maxime, je m'en suis sortie et en même temps, à cause de lui, j'ai replongé.

Je n'ai plus été la même après son passage dans ma vie. Je ne sais pas si je dois l'en remercier, ou le détester pour ça. Et comme s'il entendait mes pensées, il débarque face à moi. Il est en train de lire un dossier en avançant tranquillement.

Je me racle la gorge pour qu'il me remarque, ce qu'il fait tout de suite.

Ses iris verts capturent les miens, sauf que son charme ne marche plus sur moi.

— Ta femme te cherche, lancé-je l'air de rien.

Maxime fronce les sourcils sans me quitter des yeux.

— Tu es toute seule dans les couloirs ?

J'éclate de rire. Je ne l'étais pas jusqu'à ce que Charlotte débarque.

— Je n'ai pas besoin de baby-sitter. Trouve plutôt la personne qui s'amuse à laisser des choses dans ma chambre.

Je suis certaine qu'il n'y est pas pour rien. Qui d'autre connaît les détails de ma vie ? Qui m'en veut au point de vouloir me faire disparaître ? Je suis gênante dans sa vie et vais l'être encore un peu plus maintenant que j'ai lancé ma petite pique à sa femme.

Il secoue la tête l'air de ne rien comprendre à ce que je lui dis, mais je n'ai plus envie de me justifier et encore moins auprès de lui.

Je m'apprête à partir lorsque Charlotte déboule telle une furie.

— Espèce d'enfoiré ! hurle-t-elle dans le couloir.

Un sourire franchit mes lèvres alors que Maxime se décompose sous mes yeux. Il devient livide alors que je jubile.

Chapitre 2

Jared

Charlotte me fixe sans comprendre ce qui lui arrive. Que puis-je lui dire ? Je n'ai pas envie de lui mentir même si ça va lui faire du mal.

Elle passe une main sur son ventre en se détournant de moi, avant de faire quelques pas.

— C'est n'importe quoi, c'est impossible, souffle-t-elle, comme si elle essayait de se convaincre.

— Charlotte…

Elle se retourne vivement vers moi et s'avance jusqu'à me frôler.

— Qui est-elle ? Je ne peux pas croire que Maxime m'ait fait ça ! Dis-moi que c'est faux Jared, je t'en supplie, dis-moi qu'il n'a pas fait ça !

La nouvelle est trop brutale. Même si j'ai rêvé de ce moment un certain nombre de fois, voir ma sœur dans cet état me retourne le cœur.

— Je ne peux pas faire ça Charlotte, je n'ai aucune envie de te mentir.

J'ai à peine le temps de comprendre, qu'elle se faufile par la porte pour remonter le couloir aussi vite que possible.

Je ne peux que la suivre. Pour la connaître un minimum, elle ne va pas se laisser faire et je crains un peu pour le bébé. Elle ne doit pas se stresser. Je sais que c'est trop tard, mais j'aimerais éviter qu'elle ne mette en danger son enfant ou elle-même. Je sais que Maxime ne lui ferait jamais de mal, mais je ne connais pas les réactions que pourrait avoir Ambre face à l'agressivité de Charlotte.

Comme si le destin s'en mêlait, Ambre se trouve à côté de Maxime.

Ma sœur se met à hurler en les voyant ensemble et je reste en retrait, observant la scène. Après tout, c'est ce que je désire depuis un an et demi, que leur couple vole en éclat.

Maxime écarquille les yeux en voyant sa femme s'approcher. Il tend la main vers elle sauf qu'il se prend une baffe qu'il n'a certainement pas vue venir. Je m'approche discrètement et croise le regard d'Ambre qui sourit faussement, comme elle en a l'habitude. Elle a l'air fière d'elle et je devrais l'être aussi. Elle a fait ce que je n'osais plus faire.

— Tu me trompes Maxime ? crie ma sœur.

Ce dernier est au plus mal et ne sait pas quoi répondre. Je sens qu'il va réfuter, mais à sa place, j'avouerais tout. Ambre a l'air décidé et n'hésitera pas à le lapider.

— Qu'est-ce que tu racontes mon amour ? tente-t-il.

— Ne me prends pas pour une conne ! Qui est-elle ?

Une goutte de sueur dévale la tempe de mon ancien ami alors que son teint devient livide.

— Charlotte, je peux t'expliquer, mais pas ici, s'il te plaît.

Ma sœur hausse un sourcil, croise les bras et s'ancre bien au sol.

— Tu as intérêt à me le dire tout de suite, parce que je ne compte pas bouger de ce couloir !

— Je suis son ex, pas besoin d'en faire tout un plat. Je l'ai eu avant toi, lâche Ambre en se posant contre le mur.

Le visage de ma sœur se déforme sous la colère et elle s'avance vers cette dernière, délaissant son mari qui a perdu ses couilles.

— Il ne m'a jamais parlé d'aucune Ambre, tu ne devais pas être si importante !

Cette dernière se détache du mur pour faire face à ma sœur et je m'en approche discrètement.

— J'ai juste vécu deux ans avec lui et suis tombée enceinte comme toi !

Sa déclaration me laisse perplexe. Maxime ne m'a jamais parlé d'un enfant !

Ma sœur se recule comme si on lui avait donné un coup de poing et s'en est trop. Je passe un bras autour de ses épaules pour lui faire comprendre que je la soutiens, qu'elle n'a pas à supporter ça toute seule.

Des larmes coulent sur ses joues, elle commence à se rendre compte des mensonges de Maxime, il a été trop loin.

— Tu as déjà un enfant ? sanglote-t-elle. Je n'y crois pas !

— Non, souffle-t-il.

Charlotte secoue la tête.

— J'en ai marre de tes conneries, tu n'oses même pas me dire que tu es déjà père !

— Il ne l'est pas ! la coupe Ambre. J'ai sauté par la fenêtre, il n'a pas survécu, tu dois être soulagée.

Elle dit ça de façon tellement impassible... Je ne la reconnais pas et à la fois, je suis triste de ce qui lui est arrivé. Il m'avait raconté cette tentative désespérée, mais pas les conséquences. Je m'imagine à sa place et c'est vraiment atroce. Je sais que c'est après ça qu'il est parti et dans un sens, j'aurais peut-être réagi de la même manière.

Ma sœur est totalement chamboulée et ne sait plus où donner de la tête. J'ai envie de la faire partir et tente de la pousser, mais elle tient bon. Elle a du courage d'assumer aussi bien.

— Tu as couché avec elle ici ? finit-elle par demander à son mari.

Ce dernier secoue la tête avant de lever les yeux vers elle. Il lui répond d'un regard désolé, mais ça n'a pas l'air de suffire à Ambre car elle bouge en s'approchant de nous.

— Bien sûr qu'il m'a baisée, comme au bon vieux temps. Moi je serais toi, je me poserais des questions...

Je retiens ma sœur autant que possible, mais elle m'échappe et se jette sur Ambre.

Les deux filles s'attrapent les cheveux et lancent leurs poings dans tous les sens.

Maxime et moi nous dépêchons de les séparer, mais en relevant la tête, je vois tout de suite qu'un bleu s'épanouit sur la pommette d'Ambre.

Ma sœur se débat dans mes bras, elle est hystérique. Maxime, lui, a la tête baissée, ne sachant quoi faire pour arranger les choses.

— Je vais la tuer ! crache Charlotte.

— Essaie toujours, sauf que tu ne sais pas ce que c'est de tuer quelqu'un… Moi si ! réplique Ambre qui reste calme entre les bras de Maxime.

Ce dernier ne cille pas, serait-ce vrai alors ? Je pensais qu'elle se foutait de moi en disant ça ! Que s'est-il passé pour qu'elle en arrive là ? J'ai du mal à croire qu'elle l'ait fait intentionnellement. Je ne peux pas m'attarder sur la question car Charlotte continue de s'agiter.

Je la sers plus fort et la pousse à avancer dans le couloir pour revenir sur nos pas. Il faut les séparer avant que les choses ne dégénèrent encore plus.

Une fois dans ma chambre, je ferme la porte et la pousse à s'asseoir sur le lit, elle doit se calmer, pour elle et pour le bébé.

— Cette salope a couché avec mon mari !

— Charlotte, arrête. Tu ferais mieux de rentrer chez toi. Je ne sais pas pourquoi tu es venue, mais c'était une erreur.

Elle frotte son visage à deux mains.

— Je n'y crois pas ! Au contraire, ça m'a permis d'ouvrir les yeux. Je lui faisais tellement confiance… Je voulais te voir, la dernière fois tu es parti si vite que nous n'avons même pas pu discuter cinq minutes et ça me désole. Tu es mon frère, ma famille et je voulais que tu reviennes à la maison. J'avais peur que tu ne veuilles plus me voir. Je n'ai pas su te mettre à l'aise et je m'en veux.

Je m'assieds à côté d'elle pour la serrer dans mes bras. Je ne supporte pas de la voir dans cet état. Le pire est que je ne peux pas l'accueillir chez moi pour lui éviter la présence de Maxime, je ne peux rien faire pour elle, je suis bloqué ici. Elle va devoir se débrouiller seule. Elle est en partie responsable de ça, mais j'en ai marre de me battre contre elle.

Charlotte pleure longuement et je la laisse faire pendant plusieurs minutes en lui caressant doucement les cheveux.

Je sais que rien ne l'apaisera, mais j'essaie tout de même par acquit de conscience.

— Je vais partir, j'ai besoin de rentrer et de faire le point. Je suis désolée pour tout ce drame.

— Tu n'as pas à t'excuser pour quelque chose dont tu n'es pas responsable.

Elle essuie ses yeux et se lève. J'en fais de même pour la raccompagner jusqu'à la porte qui bloque notre service.

Elias se trouve là et malgré le visage défait de Charlotte, il ne fait aucun commentaire. Il lui ouvre la porte après quelques formalités avant de reporter son regard sur moi.

— Vous vous êtes réconciliés ?

Je hoche la tête sans vraiment savoir si c'est le cas. Les choses s'arrangent petit à petit, mais ma rancune a du mal à s'envoler.

— J'ai vu passer Maxime, il n'était pas dans son assiette, tu sais ce qu'il se passe ?

— Nan, tu as vu Ambre ?

Il penche la tête comme s'il se doutait que mon changement de sujet cache quelque chose.

— Ouais, elle avait un bleu au visage. Elle m'a dit qu'elle s'était cognée contre une porte, mais c'est bizarre, j'ai du mal à y croire.

Tant qu'il parle de bizarrerie, il faut que je lui dise quelque chose qui me trotte dans la tête depuis qu'elle m'en a parlé.

— Elle m'a raconté quelque chose que j'ai du mal à comprendre. Elle pense que quelqu'un met des choses dans sa salle de bain.

— Quel genre ? me demande-t-il attentif.

— De la drogue, des ciseaux...

Il fronce les sourcils, je sais que ça semble farfelu, mais pourquoi me dirait-elle ça si ce n'était pas le cas ? Peut-être qu'elle cherche des excuses, j'y ai pensé, mais ça me paraît gros.

— Je vais essayer de me renseigner sur son dossier, ça pourrait être des hallucinations. Nous n'avons retrouvé ni drogue ni ciseaux, c'est compliqué de la croire.

Je sais que c'est possible, mais je ne le crois pas. Et si quelqu'un essayait de la faire passer pour folle ? Personne ne lui fait confiance, je ne peux pas prendre le risque d'en faire autant. S'il lui arrive quelque chose alors qu'elle m'a prévenu, je m'en voudrais, même s'il va falloir qu'on ait une conversation après ce qu'elle a fait à ma sœur. Il n'en reste pas moins que je me soucie d'elle.

— Merci, soufflé-je à Elias avant de rejoindre la salle commune.

Je m'arrête à l'entrée et observe les patients réunis en cercle.

Rebeca anime l'activité du jour.

— Dites-moi le premier mot qui vous passe par la tête.

— Chaise, répond l'homme à côté d'elle.

— D'accord, tu veux nous en dire plus ?

— Non.

L'homme se met à se balancer doucement.

Je reporte mon regard sur Ambre qui me surprend et me fixe intensément.

— Anticonstitutionnellement, lance-t-elle.

Tout le monde tourne la tête vers elle alors que je me retiens de rire en gardant un air impassible. D'où sort-elle ça ?

Rebeca cligne des yeux, surprise. Elle en perd sa langue alors que les autres enchaînent avec des mots parfois improbables, mais rien de comparable avec celui d'Ambre qui est tiré par les cheveux.

Je finis par m'ennuyer et vais m'asseoir à ma place près de la vitre.

Les gens passent, font leur vie. Pourrais-je en faire de même ? Oublier ce que j'ai vécu et aller de l'avant ? Je n'en suis pas certain. Le décès de mon père, les entailles sur mes poignets, l'alcool et plus encore, comment puis-je tout mettre de côté ? Ma thérapie était censée m'aider, alors pourquoi tout ressurgit-il maintenant que je sais que la sortie est proche ? Je devrais me sentir mieux, pouvoir affronter mes démons sauf que ce n'est pas le cas.

Je la sens avant même qu'elle n'ouvre la bouche. Une connexion s'est faite entre nous et je préfère ne pas réfléchir au pourquoi du comment. C'est un terrain trop glissant qui est pour le moment préférable d'éviter.

— Tu m'en veux ? me demande Ambre doucement.

— Évidemment ! Tu fais ce que tu veux avec les autres, mais certainement pas avec ma sœur !

Je pose mon regard sur elle pour bien lui faire comprendre le message. Elle secoue la tête en attrapant une chaise afin de s'asseoir devant moi.

— Je ne comprends pas, il faut que tu m'expliques. Tu veux une "vengeance" contre eux, mais en même temps, je dois fermer ma bouche quand l'occasion se présente. Tu ne trouves pas que tu es un peu contradictoire ?

Je serre mes poings, elle m'énerve. Elle n'a pas tort, mais ça ne la regarde pas. Je me suis servi d'elle et je le regrette parce que ça a mal tourné, mais aussi parce que maintenant, elle se sent incluse dans le plan. J'ai toujours été seul dans cette histoire et n'ai jamais voulu de partenaire.

— Que t'ont-ils fait ?

— C'est trop compliqué Ambre.

En fait c'est plutôt simple, mais je n'ai aucune envie de m'étendre sur ma vie bien merdique.

Son visage se ferme.

— Je pensais qu'on avait passé l'étape du partage de secrets, mais apparemment non.

Ces répliques sont tellement inattendues qu'elle me ferait presque rire.

— Nous ne passons aucune étape. Nous sommes deux adultes qui s'amusent de temps à autre, ça en reste là.

Ambre détourne le regard pour le reporter sur l'extérieur.

— Je pensais que nous étions amis...

Je me penche en avant pour attraper son visage et bien la regarder dans les yeux.

— Je ne suis pas ici pour me faire des amis. Toi et moi, nous ne le sommes pas et ne le serons jamais. Aujourd'hui, tu as fait quelque chose qui me fait enrager, tu as fait du mal à ma sœur et ça, je ne te le pardonnerai pas. Il est vrai que ton corps me fait bander, mais ne cherche pas plus loin. Tu n'es ni la première ni la dernière. Toi et moi n'avons aucune relation et à partir de maintenant, il est préférable que tu m'évites. Fais ta vie Ambre et laisse-moi tranquille.

Je ne pense pas tout ce que je dis, mais j'ai besoin de prendre du recul par rapport à elle. J'ai à la fois envie de l'étriper et de l'embrasser alors le mieux est de l'éloigner.

Ses yeux brillent alors que la tristesse imprègne ses traits, mais c'est le mieux pour tout le monde.

Des bruits de vaisselle se font entendre. Je relâche ma prise et me lève. Je n'ai pas faim, je veux juste être seul.

Chapitre 3

Maxime

Tout part en vrille. Je savais que le risque existait, mais j'espérais que ça n'arrive pas. Qu'Ambre comprenne les choses. J'aime Charlotte, c'est aussi simple que ça. Je m'en veux terriblement d'avoir craqué avec Ambre, mais elle est un passé que j'ai du mal à oublier. Elle me rappelle tellement de souvenirs...

Lorsqu'elle lance qu'elle a tué notre enfant, mon cœur se ratatine.

J'ai appris la nouvelle par un médecin. Il m'a simplement dit que le bébé n'avait pas survécu alors que je ne la savais même pas enceinte.

Le choc m'a totalement déboussolé et remis mon avenir en question.

Ce jour-là a été l'un des pires de mon existence. J'étais sur le point de monter dans l'avion quand mon téléphone a sonné. En voyant le numéro d'une de mes collègues, j'ai répondu. Jamais je n'aurais pensé que c'était pour me dire que ma petite amie avait sauté du balcon. La culpabilité qui m'a envahi était telle que j'ai tout laissé en plan et foncé à l'hôpital.

Lorsque je l'ai découverte inconsciente et pleine de bleus sur ce lit blanc, toutes mes certitudes ont volé en éclat. Bien sûr que je savais qu'elle le prendrait mal, mais je ne voyais pas comment le lui annoncer de vive voix. La voir pleurer ou crier m'aurait fait renoncer.

Et avoir Charlotte dans cet état, me coupe la respiration. Qu'ai-je fait ?

Mon univers s'écroule.

Jared essaie de contenir sa sœur qui est dans un état comme je ne l'ai jamais vu. Elle est plus que furieuse et met en danger notre enfant. Jared devant le comprendre, la tire dans le couloir, loin de moi.

Il va falloir que je m'explique et que je lui avoue tout, je n'ai plus le choix.

Ambre est statique, elle attend juste qu'on la libère. Elle est calme, déterminée, je ne la connaissais pas comme ça et à cet instant, je la déteste.

— Si je te lâche, tu vas sagement rejoindre la salle commune ?

Un rire sort de sa gorge alors qu'elle pousse ses fesses contre mon membre. Elle se frotte alors que je m'éloigne.

— Tu n'as plus envie de moi ? demande-t-elle en se tournant pour me faire face.

— Non, c'est terminé depuis bien longtemps. Te revoir m'a fait un choc et cette alchimie qui passe entre nous est inoubliable, mais ce n'était qu'un souvenir du passé qu'il est temps que j'efface de ma mémoire une bonne fois pour toutes.

Elle avance vers moi et pose une main sur mon torse.

— Si tu arrives à t'en convaincre, tant mieux pour toi, susurre-t-elle tout près de mes lèvres.

Elle me contourne et s'en va en ricanant.

Je prends une profonde inspiration avant de rejoindre mon bureau.

Je claque la porte et m'y enferme. J'ai besoin de me calmer et de réfléchir à comment arranger les choses. Tout va de travers.

J'avais pourtant dit à Charlotte de ne plus venir ici ! Elle est trop bornée pour écouter ce qu'on lui dit.

J'allume mon ordinateur, il faut que je travaille, au moins pour me couper du monde quelques minutes.

J'aimerais courir après Charlotte, mais je sais que ça ne fera qu'empirer les choses. Elle est trop en colère pour m'écouter et je risque de la braquer encore plus. J'espère juste que Jared n'est pas en train d'en profiter pour la monter un peu plus contre moi. C'est l'occasion rêvée pour lui.

Soudain, mon téléphone se met à sonner. Je décroche en voyant que le numéro vient de la direction de l'hôpital.

— Allo.

— Bonjour Maxime.

J'ai quelques secondes de flottement en entendant que c'est le directeur général en personne. J'ai eu quelques fois à faire à lui, mais ça reste rare.

— J'aimerais vous voir dans mon bureau le plus rapidement possible. Il y a quelque chose dont j'aimerais discuter.

J'essaie de jauger si je dois m'inquiéter ou non. Il veut peut-être me parler d'Ambre et de sa tentative de suicide. C'est assez rare qu'un patient réussisse à aller aussi loin. Il est généralement stoppé avant. Je vais me faire remonter les bretelles et à raison je dois bien l'admettre.

— Bien sûr, j'arrive.

Je raccroche et sors de mon bureau ; ce petit espace dans lequel je me sens bien.

Je traverse le couloir et signale à Elias que je reviens, mais que je reste joignable en cas de besoin.

Je franchis la porte du service pour rejoindre l'aile de l'hôpital où se trouve mon directeur, celui qui dirige tous les services.

La secrétaire me fait entrer dans le bureau qui fait deux fois le mien.

Mon patron se tient droit derrière son fauteuil et m'observe. Je me sens mal à l'aise, il n'a pas l'air très content et je ne sais pas à quoi m'attendre.

— Asseyez-vous.

Je ne me fais pas prier et tire une chaise pour m'y installer.

— On m'a rapporté des choses qui sont inadmissibles. Je vous ai fait venir pour mettre au clair cette affaire.

Je fronce les sourcils, que me reproche-t-on encore ?

— Je vais vous le demander directement, ce sera plus simple. Entretenez-vous une relation intime avec une patiente ?

Je cligne des yeux, je n'ai pas du bien entendre, ce n'est pas possible ! Je reste un instant abasourdi. Est-ce Charlotte qui pour se venger est venue me dénoncer ? L'air me manque, que puis-je répondre à ça ?

— Bien sûr que non !

— Vous savez que cela peut être considéré comme abus de faiblesse ?

J'en ai parfaitement conscience, mais je ne peux pas lui avouer une telle chose !

— Je n'ai aucune relation avec une patiente.

Le directeur me regarde perplexe avant d'appuyer sur une sorte de micro en demandant de faire entrer quelqu'un. Je souffle lentement et me retourne dès que la porte s'ouvre.

Rebeca s'avance fièrement. Elle observe la scène et je sens qu'elle est contente d'elle. Une colère sourde parcourt mon corps. Je ne me suis pas assez méfié d'elle, j'ai été stupide !

Je m'en veux tellement d'avoir couché avec elle... Elle n'a jamais eu un grand intérêt pour moi, mais elle était facile. Rebeca était toujours disponible et avait envie de moi. Je paie aujourd'hui pour mes erreurs.

Charlotte va me haïr, je vais perdre mon boulot... C'est un cauchemar !

— Rebeca m'a confié vous avoir vu seul à plusieurs reprises avec mademoiselle Ambre Doval. J'aimerais en connaître les raisons.

Je reste focalisé sur le directeur et évite de regarder cette garce qui doit être aux anges.

— Effectivement, elle est nouvelle et j'essayais de la mettre en confiance. C'est toujours difficile de s'intégrer dans un nouvel environnement.

Il note des choses sur un carnet avant de revenir à moi.

— N'y a-t-il pas des soignants pour ça ? Faites-vous de même avec chaque patient ?

Je suis coincé, j'ai l'impression d'être un homme à abattre.

— Puis-je dire quelque chose ? demande Rebeca toute mielleuse.

— Bien sûr, vous êtes là pour ça.

— Il ne s'occupe jamais aussi personnellement d'une personne, elle est la première. Il y a une fois où j'ai entendu des cris et l'ai vu sortir peu de temps après de la chambre d'Ambre. C'est pour ça que je suis venue vous prévenir. Après sa tentative de suicide, je me suis dit qu'il l'avait peut-être violée et qu'elle ne l'avait pas supporté... Je m'en veux de ne pas avoir réagi avant, si elle ne s'en était pas sortie, je ne sais pas comment j'aurais vécu avec ça sur la conscience !

Rebeca renifle alors que des larmes strient ses joues. Mes poings se serrent d'instinct, pour qui me fait-elle passer ? Elle délire totalement.

— Non, mais tu te rends compte de ce que tu m'accuses ? Tu penses vraiment que j'ai besoin de forcer quelqu'un pour coucher avec moi ? Je t'ai forcée toi ?

Après cette parole, je réalise ce que je viens de dire et referme aussitôt la bouche, mais c'est trop tard. Le directeur me lance un regard de tueur. Il se lève d'un bon et parcourt la pièce avant de s'approcher de moi.

— Vous avez couché avec une personne qui est sous vos ordres, qui plus est en étant marié ! Avez-vous lu le règlement ? Vous rendez-vous compte que c'est une faute grave et un motif de licenciement ?

Il parle doucement, calmement, me faisant frissonner. Rebeca a gagné. Bien sûr que j'avais conscience du risque que j'encourais, mais je lui faisais confiance. J'ai eu tort et je sens que c'est la fin pour moi. Si je suis viré d'ici, je ne trouverai plus aucun poste équivalent. Mon dossier contiendra le motif et je serai grillé partout. Je réalise l'ampleur de ma bêtise, je suis en train de tout perdre, vraiment tout.

— Avez-vous quelque chose à dire pour votre défense ? C'est le moment ou jamais.

Je le fixe sans pour autant ouvrir la bouche. Les mots me manquent et les mensonges qui me viennent ne seront d'aucune utilité dans cette affaire. Je me suis vendu moi-même et je préfère me taire plutôt qu'en rajouter.

— Je n'ai jamais violé personne.

Mon patron me fixe et je ne peux soutenir son regard. Je ne l'ai jamais vu dans une telle colère, il me lapiderait sur place s'il le pouvait, j'en suis sûr.

— Bien, alors vous pouvez sortir. Je vais réfléchir à tout ça et vous ferez part de mes sanctions.

— À moi aussi ? chuchote Rebeca qui a perdu de sa superbe tout à coup.

— Vous auriez dû me prévenir tout de suite de ce qu'il se passait avec mademoiselle Doval. Elle est une patiente et vous devez prendre soin d'elle. Vous avez failli à votre mission, alors oui, vous méritez un rappel à l'ordre.

Le visage de Rebeca se décompose. Je sais que ce ne sera pas comparable à ce que moi je vais subir, mais je suis tout de même rassuré qu'elle paie elle aussi.

— Retournez à vos postes, je vous convoquerai quand j'aurai pris ma décision.

Nous nous levons et sortons sans plus attendre. Cet entretien était loin d'être une partie de plaisir.

Nous retournons dans notre service, mais avant de franchir la porte, j'attrape le bras de Rebeca.

— Pourquoi fais-tu cela ?

Elle se dégage de ma poigne et se rapproche de moi.

— Je t'avais prévenu dans le petit mot que j'ai laissé dans ton bureau… Tu n'as pas voulu de moi, tant pis pour toi. Je t'aurais tout donné et t'aurais même laissé vivre avec Charlotte tant que je pouvais t'avoir ici, mais tu m'as rejetée ! Je t'aimais Maxime alors que pour toi je n'étais qu'un jouet. Et en plus de ça, tu me remplaces avec cette folle d'Ambre. C'était la goutte d'eau.

Je me force à ne pas bouger, à ne pas me jeter sur elle pour l'étrangler. Elle a fait tout ça par jalousie.

— Tu n'arrives à la cheville ni de Charlotte ni d'Ambre. Tu ne représentes absolument rien pour moi et ça a toujours été ainsi. Tu es insignifiante, regardes toi.

Elle essaie de me gifler, mais je me décale juste à temps.

— Tu vas regretter ce que tu as fait, la prévins-je.

Je ne suis pas du genre revanchard, mais elle a été trop loin. Je trouverai un moyen pour lui faire payer.

— Ne me menace pas Maxime, comme tu as l'air de tenir à Ambre, sache que je suis encore auprès d'elle alors que toi tu risques de nous quitter bientôt. Il pourrait lui arriver des bricoles.

Cette femme est totalement cinglée. Qu'elle s'en prenne à Ambre, je dois avouer que je m'en fiche. Cette femme fut ma plus belle rencontre, mon rayon de soleil, sauf qu'aujourd'hui elle n'est que source d'ennuis.

Mais si Rebeca pense que je vais la laisser agir dans mon dos, sans maîtriser l'avenir d'Ambre, elle se trompe lourdement. C'est moi et personne d'autre qui doit me charger d'elle, et de Jared par la même occasion. Mes nerfs sont à fleur de peau et un rien me ferait exploser.

Avant de faire quelque chose que je regretterais, j'ouvre la porte du service et lui lance un dernier avertissement avant de rejoindre mon bureau.

— Essaie pour voir. Mais ne te loupe pas, parce qu'en retour, je ne te raterai pas.

Chapitre 4

Ambre

Jared est un connard. Il est arrogant et se croit au-dessus des autres. À chaque fois qu'il s'ouvre à moi, en contrepartie, il me lance une pique qui me rappelle bien que je suis insignifiante pour lui. Sauf que plus les jours passent et plus ça me fait mal. J'aimerais dire que je me fous de cet homme qui est toujours présent quand j'en ai besoin, qui arrive à me changer les idées, pour qui mon intérêt grandit, mais ce serait mentir.

C'est comme s'il y avait deux hommes en lui. L'un est doux, câlin, à l'écoute, alors que l'autre est taciturne, lunatique, brutal. Le problème c'est que ces deux facettes m'attirent.

Suis-je folle de vouloir être auprès de lui à cet instant plutôt que dans cette salle remplie de gens qui n'en ont rien à faire de moi ?

J'attrape l'assiette qu'on me tend et triture la nourriture qui s'y trouve alors que mes pensées sont ailleurs.

Jared est sorti de la salle, que fait-il ? Est-il en colère contre moi ? Il aurait dû apprécier que je mette enfin Maxime face à ses responsabilités. Il est vrai que me battre avec sa sœur n'était pas très réfléchi, mais ce n'est pas à moi qu'elle aurait dû s'en prendre.

Quand je pense que Maxime est resté statique, qu'il n'a pas assumé ses actes... Il pensait peut-être que je me tairais s'il réfutait, mais c'est mal me connaître.

Je balaie les tables du regard jusqu'à tomber sur celui d'Elias qui ne me quitte pas des yeux. Il me met mal à l'aise. Pourquoi reste-t-il fixé comme ça sur moi ? Je sais qu'après mon acte, je suis sous surveillance, mais je crois qu'il y a autre chose. Sa façon de me dévisager, de fixer toute son attention sur moi, c'est plus que son travail. Il est gentil, je n'ai rien à dire là-dessus, mais je sens au fond de moi qu'il cache quelque chose. Je ne sais plus à qui me fier.

Chaque personne qui me porte de l'intérêt finit par me décevoir. C'est une rengaine permanente et ça commence à peser sur mes épaules. Je n'ai pas d'amis, plus d'amour, je suis seule. Personne n'est là pour moi finalement, pour m'écouter, me conseiller.

Je reporte mon attention sur mon assiette et goûtes une bouchée de la nourriture posées en face de moi. C'est loin d'être de la haute cuisine, mais c'est mangeable même si mon estomac est noué.

— Si tu as faim, n'hésite pas à te servir, dis-je à Mely qui arrive quasiment à la fin de son repas.

Elle relève les yeux pour me fixer un instant et pioche dans mon assiette. Elle n'est pas très grosse et pourtant, elle mange comme quatre.

Le dîner se termine, je ne reste pas avec les autres en salle commune, j'ai envie de m'isoler. Les brouhahas incessants me fatiguent.

J'avance dans le couloir et malgré moi, je porte mon regard sur la porte de Jared. Je pourrais le rejoindre, comprendre ce qu'il se passe dans sa tête, quelle place j'ai dans sa vie. Je suis certaine qu'il ne pense pas tout ce qu'il m'a dit, sinon il ne reviendrait pas vers moi, il ne m'aurait pas sauvé la vie ! Mais pourquoi met-il autant de barrières entre nous ? Je sais pertinemment qu'une histoire est impossible. Le contexte dans lequel nous nous trouvons n'y est pas propice, mais nous pouvons tout de même passer du bon temps, au moins jusqu'à ce qu'il sorte.

Je m'avance discrètement et pose ma tête contre le battant, cherchant un son qui m'indique qu'il est réveillé, sauf que c'est le silence total. Je ferme les yeux une seconde, avant de les rouvrir lorsque je sens une présence dans mon dos. Je me redresse lentement, mais avant que je ne puisse me retourner, un corps puissant me bloque contre la porte. Le mien s'écrase contre celle-ci, à la merci de je ne sais qui.

Mes membres se mettent à trembler quand un visage se penche dans mon cou et me renifle sans gêne. Je prends de grandes inspirations pour ne pas m'évanouir. Trop de souvenirs se rappellent à moi, trop de choses que j'ai subies sans me défendre explosent devant mes yeux. Mon cœur s'emballe, alors que d'un coup, je reprends le dessus sur mes émotions. Cette odeur, son odeur m'enveloppe. Je m'apaise petit à petit alors que mon corps se détend.

— Tu n'écoutes jamais quand on te parle ? me souffle Jared à l'oreille.

— Pas souvent, je l'avoue…

Ses mains descendent le long de mes flans, sur mes hanches. Elles glissent lentement, faisant bouillir mon corps sur leurs passages.

— Pourquoi me tentes-tu Ambre ? Pourquoi ne m'obéis-tu pas ?

Je m'apprête à répondre lorsque ses doigts passent sur l'avant de mes cuisses et remonte dangereusement vers mon intimité. Mon corps se liquéfie. Il se colle un peu plus contre mon dos et je sens parfaitement bien son membre dur contre moi.

Je le veux, malgré ses paroles, malgré sa distance, je veux cet homme à tout prix. J'ai envie de profiter de l'instant présent sans me préoccuper de l'avenir, d'autant plus que le mien est totalement flou.

Ses doigts remontent, sans toucher l'endroit où je le désire tant pour venir attraper mes seins à pleine main.

Il joue avec mon corps avec tant de dextérité… C'est comme s'il me connaissait par cœur.

— J'aimerais te prendre ici et maintenant, mais si quelqu'un arrive, ça ferait mauvais genre.

Je prends alors conscience que nous sommes dans le couloir et que tout le monde va venir se coucher dans peu de temps.

Il attrape alors la poignée et pousse le bâtant qui se détache de mon corps.

Jared me fait entrer avant de la refermer. N'y tenant plus, je me tourne vers lui pour me jeter littéralement sur sa bouche. Notre baiser est brutal, intense, tellement passionné. Il m'a dit de prendre ce que je voulais de lui, d'être maîtresse de la situation et je mets en application sa leçon.

Il agrippe mes hanches en plongeant sa langue pour trouver la mienne. Nous sommes en phases, deux faces d'une même pièce, complémentaires.

Je palpe son corps, mais le tissu qui me sépare de sa peau est en trop. Nous reculons et je crois qu'il est aussi impatient que moi, car il tire sur ses vêtements avant de faire de même avec les miens. L'ensemble vient former un tas informe sur le sol.

Je n'ai pas le temps de comprendre quoi que ce soit que Jared attrape mes jambes pour me soulever. Je m'accroche comme je peux à ses épaules avant qu'il ne me plaque contre le mur.

Je suis surprise, car il était plutôt tendre les premières fois, alors que ce soir, sa sauvagerie se montre au grand jour.

Il garde une main sous mes fesses alors que l'autre passe entre mes seins jusqu'à mon intimité qui n'attend que ça.

Il frotte mon clitoris avant de descendre encore jusqu'à me pénétrer d'un doigt. Je suis plus que prête pour lui, je le désire comme jamais et n'attends que son sexe dans le mien. Je me tortille alors qu'il va de plus en plus profondément.

— Jared, j'ai besoin de plus.

Un sourire naît sur son visage alors qu'il garde les yeux fixés sur moi.

— Plus quoi ?

Ses mouvements se font rapides, faisant grimper mon plaisir et je ne peux m'empêcher de gémir.

— Plus gros ! crié-je presque.

Son rire se répercute dans la chambre lorsque je bascule et qu'un orgasme me prenne par surprise. Mes doigts se crispent sur ses épaules, l'éraflant au passage.

Je mets quelques secondes à reprendre mes esprits, mais il ne me laisse pas le temps de me reposer.

Son doigt est vite remplacé par son membre. Il glisse facilement en moi, me comblant totalement.

Ses lèvres viennent capturer les miennes lorsqu'il se met à aller et venir. Ses mouvements sont emplis de tendresse, telle que je n'en ai jamais.

J'arrive rapidement au bord du précipice pour la deuxième fois et en suis moi-même étonnée. Il arrive à me faire perdre pied si facilement que c'en est déstabilisant.

C'est comme s'il connaissait tout de moi, comme s'il savait quoi faire pour faire grimper instantanément mon plaisir.

La jouissance finit par nous emporter tous les deux, c'est tellement fort, puissant... Mes sentiments à son égard se dévoilent malgré moi. J'ai envie de l'embrasser, de rester des heures avec lui ancré au plus profond de moi. Je ne me sens aucunement rassasiée du rapport que nous venons d'avoir, j'en veux encore davantage. Malheureusement, il se retire et se recule pour que je puisse poser mes jambes au sol. Elles sont encore un peu cotonneuses alors je garde une main sur son bras pour ne pas m'affaler par terre jusqu'à ce qu'il m'entraîne vers le lit.

Je ne réfléchis pas et le suis. Il s'y allonge et attrape ma taille pour que je l'y rejoigne. Je ne pensais pas qu'il voudrait un câlin après ça. Les autres relations que nous avons eues ne se sont pas terminées de cette façon...

Sa main parcourt mon corps alors que j'ancre mes yeux aux siens. J'aimerais pouvoir lire ses pensées et savoir où nous en sommes exactement. M'en veut-il toujours pour sa sœur ? Regrette-t-il de s'être laissé aller dans mes bras ?

Un de ses doigts passe entre mes yeux.

— Qu'est-ce qui te tracasse ? souffle-t-il.

Je ne me pensais pas aussi transparente. On dirait qu'il sait toujours quelle émotion me traverse, ça en devient étrange.

— Je devrais retourner dans ma chambre...

Jared plisse les yeux en me sondant.

— Tu veux vraiment y aller ?

C'est une bonne question ! Ma raison le veut, mais mon corps se colle un peu plus contre le sien. La chaleur qui m'entoure est bien trop agréable pour que j'en sorte.

Je secoue la tête et la pose contre son torse. Ses caresses dans mes cheveux ont bien vite raison de moi et sans que je m'en rende vraiment compte, je m'endors.

Deux ans plus tôt.

Ma descente aux enfers a duré à peu près trois ans. Trois années qui sont un flou total.

Je me suis laissée déborder par les sensations que me procurait la drogue. Je savais pertinemment que ce n'était que temporaire et pourtant c'était vital. Sans ça, je me sentais mourir.

Pour me payer mes doses, je suis devenue revendeuse. On m'a proposé de vendre mon corps, mais avec mon passé, c'était impossible pour moi. Rien qu'imaginer un homme me toucher, me donnait la nausée. Le seul capable de cet exploit était Maxime… Je ne l'ai pas oublié et cherche toujours un moyen de le retrouver. J'ai tenté de l'appeler à de nombreuses reprises, mais un jour, son numéro est devenu injoignable. Il m'abandonnait une deuxième fois.

— Mademoiselle Doval, nous vous écoutons ! commence à s'énerver le policier qui me fait face.

Je ne me sens pas bien, ça fait des heures que je n'ai rien pris, trop de souvenirs viennent me hanter. Je ne vais pas être capable de rester comme ça encore longtemps.

— On ne va pas y passer la journée. Vous rendez-vous compte de ce dont vous êtes accusée ? Si vous ne dites rien, vous irez tout droit en prison.

Je ne veux pas revivre ce moment, c'est beaucoup trop douloureux, je veux oublier cette histoire, et avoir ma dose d'ecstasy !

— Il est… Je ne voulais pas…, chuchoté-je.

Je suis une menteuse, bien sûr que je le désirais et depuis bien longtemps.

Le policier passe une main sur son visage alors que je ramène mon regard sur mes mains menottées, encore parsemées de petites taches rouges.

— On m'a demandé de livrer de la drogue dans un appartement. Je ne sais jamais chez qui je me rends et il a fallu que ce soit chez lui. Lorsqu'il a ouvert la porte, j'ai su que j'étais foutue.

— D'où le connaissiez-vous ?

Je me racle la gorge et commence à gratter la table avec un de mes ongles pour rester ancré dans la réalité. Il n'est pas là, il ne me fera pas de mal.

— C'était mon ex. Il… Il se servait de moi. J'étais soumise à lui, totalement, et il offrait mon corps à ses amis.

Dire cette phrase est terriblement difficile. J'ai tellement honte de m'être laissé faire, de ne pas avoir réagi avant. J'aurais dû l'empêcher de me faire autant souffrir.

— Je me suis enfuie, je l'ai quitté et je savais qu'il allait me faire du mal pour ça. J'étais sa chose, son objet et j'avais osé m'en aller.

Mon cœur redouble d'intensité, c'est comme si j'étais à nouveau face à lui. Quand il a capturé mes yeux, j'ai su que c'était la fin pour moi. Un élan de colère a traversé ses prunelles, il allait me faire payer.

— Que s'est-il passé ensuite ?

Je ferme les yeux, mais c'est encore pire. Je sens sa présence partout alors qu'il n'est plus là, je m'en suis assurée.

— Il m'a forcé à entrer dans l'appartement. Je ne pouvais pas lui résister, je ne faisais pas le poids. J'ai tenté de me débattre et n'ai récolté qu'une gifle. Comment aurais-je pu faire ?

Des larmes dévalent mes joues, j'étais impuissante.

— Et ensuite ?

— Il m'a entraînée vers un salon et m'a poussée sur un canapé. J'ai essayé de me relever, mais il m'a envoyée son poing dans le ventre. (Je souffle longuement pour oublier cette douleur atroce.) Je n'ai eu le temps de rien faire qu'il a fondu sur moi pour commencer à arracher mes vêtements. J'ai essayé de le frapper, mais c'est comme s'il ne ressentait rien, jusqu'à ce que son téléphone sonne.

C'était un miracle, le genre de chose qui n'arrive jamais et qui sauve la vie. J'observe le policier qui a un air sombre. Je ne sais pas s'il me croit, mais il note tout ce que je dis sur son ordinateur.

— Il a attrapé mes cheveux et m'a dit que si je bougeais, il appellerait ses amis et que tant que

je ne le supplierais pas pour mourir, il me ferait
subir les pires tortures.

— Ce n'était peut-être que des mots pour
vous faire peur.

— Je le connais ! Il m'a déjà fait des
choses... J'ai déjà voulu mourir tellement de fois
entre ses bras...

Trop de flashs se répercutent en moi, je n'en
peux plus. Sans y réfléchir, je me mets à me gratter
le poignet si fort que du sang apparaît sous mes
ongles.

— Arrêtez ça ! s'énerve le policier en
s'approchant de moi. (Il retire mes doigts et pose
mes mains à plat sur la table.) Plus vite vous me
raconterez, plus vite je vous laisserais tranquille.

Quel autre choix ai-je ?

— Je ne l'ai pas écouté. Lorsque sa voix
s'est assez éloignée, je me suis redressée tant bien
que mal et j'ai fouillé du regard tout ce qui se
trouvait à ma portée, jusqu'à ce que je vois des
ciseaux sur la table basse. Je n'ai pas réfléchi et les
ai attrapés. Greg est revenu très vite alors que je
les cachais à côté de moi. Il avait un regard
soupçonneux, mais n'a rien remarqué. Je ne
voulais pas le tuer, juste qu'il arrête de s'en prendre
à moi. Sauf qu'il m'a à nouveau giflée. Il hurlait que
je lui appartenais, que jamais je n'aurais dû partir
comme je l'ai fait et il a attrapé ma gorge. J'étais
terrorisée, je ne savais pas comment m'en sortir
alors que ses mains se resserraient autour de mon
cou. Dans la panique, je l'ai frappé avec les
ciseaux. La suite m'échappe, je voulais simplement
sortir de cet enfer.

Mes mains pleines de sang, une mare rouge sous son corps, moi penchée au-dessus de lui, le corps de Greg inerte, un immense soulagement qui m'étreint et un grand sourire qui incurve mes lèvres, voilà mes souvenirs, mais je le garde pour moi.

Chapitre 5

Jared

Un cri me réveille en sursaut. J'ouvre grand les yeux et mets plusieurs secondes à réaliser ce qu'il se passe. Ambre, nue, se débat. Je la serre contre moi, espérant qu'elle se calme. Elle va finir par ameuter tout le monde si elle continue comme ça et notre position ne nous est pas forcément favorable. Si quelqu'un nous trouve comme ça, nous allons nous faire sérieusement remonter les bretelles et d'un autre côté, je n'ai pas envie de la lâcher.

Je la berce entre mes bras et sens le moment où elle reprend conscience. Elle frotte son visage dans mon cou en s'agrippant à moi de toutes ses forces, comme si j'étais son point d'ancrage.

— Tout va bien Ambre, tu es en sécurité.

Les secondes passent et seuls quelques sanglots brisent le silence par moment. Je ne comprends pas ce qui lui arrive, mais je me doute que c'est un cauchemar, comme ceux qui hantent mes nuits. Nous avons tous nos démons qui nous ont conduits jusqu'ici et il n'est évident pour personne de les surmonter.

Ambre se recule un peu et je cherche aussitôt son regard. Je veux la rassurer, même si je ne sais rien de son trouble.

Quand je pense que je me suis totalement laissé aller. Je ne me comprends plus. En sa présence, tout ce qui m'entoure disparaît. J'avais simplement envie d'elle et j'ai pris ce que je voulais sans penser aux conséquences ou à ce que ça peut représenter. Tout ça me rattrape maintenant, mais ce n'est pas le moment. La raison voudrait que je m'éloigne de cette femme, je devrais tout arrêter au plus vite, parce que je sens que je m'attache. Elle touche une partie de mon être comme personne d'autre avant elle.

Sa respiration se calme, alors que son regard est toujours ancré dans le mien.

— C'était si réel, j'étais dans cet appartement avec mon pire cauchemar, c'était horrible.

Je passe une main sur son visage, dégageant ses cheveux.

— Tu veux me raconter ?

C'est sorti plus vite que je ne l'ai pensé et ça ne va pas du tout. Je dois lui dire d'aller dans sa chambre, de partir loin de moi, pas de me raconter ce qu'elle a pu vivre !

— Je n'ai pas envie que tu me voies différemment, ce que tu feras forcément.

— Parce que tu crois que je n'ai pas ma part d'ombre ? Si nous sommes internés, c'est que quelque part, nous avons fait des erreurs. Je ne pense pas le mériter personnellement, mais on a profité de ma faiblesse pour me mettre dans cette prison. En dehors de ça, la thérapie que je suis m'est forcément bénéfique. Moi aussi j'avais des addictions que j'ai dû combattre.

Ambre bouge et attrape mon poignet qu'elle soulève pour mieux voir. Je comprends tout de suite ce qu'elle cherche et effectivement, nous avons certaines choses en commun, bien plus que je l'aurais cru au premier abord. Elle passe son pouce sur mes cicatrices. J'ai envie de l'éloigner, de les cacher pour masquer ma défaillance face à des émotions bien trop douloureuses pour être supportable, mais je la laisse faire.

Ambre pose son poignet strié de nombreuses scarifications à côté du mien.

— Nous sommes pareils…, souffle-t-elle. Mais ce que j'ai fait est impardonnable. J'ai pris la vie d'un homme.

Ses yeux se voilent et je sens à quel point ça la désole. J'aimerais en savoir plus, savoir ce qui s'est réellement passé.

— Qui était-il ? Pourquoi as-tu fait ça ?

Elle secoue la tête, je comprends que c'est trop dur pour elle alors je l'attire une nouvelle fois contre moi. J'essaie de la rassurer, de l'apaiser, car j'ai du mal à supporter sa tristesse.

— C'était la personne qui m'a le plus fait souffrir dans ce monde. Il m'a fait vivre des choses que je ne peux pas révéler tellement j'en ai honte. Je l'ai aimé avant de le haïr du plus profond de mon être. Il a essayé de rester en vie, de me repousser, mais je me suis acharnée sur lui. J'étais comme possédée, je voulais toujours plus de sang, toujours plus le faire souffrir. Je ne suis pas quelqu'un de bien Jared. Dans le fond, je mérite ce qu'il se passe avec Maxime, je n'ai pas le droit d'être heureuse après ce que j'ai fait.

Je ne peux que la serrer un peu plus. Maxime m'a raconté beaucoup de choses sur elle, mais ce pan de sa vie, m'est inconnu et me trouble.

— Tu as fait ce que tu as pu pour te sortir d'une situation difficile, tu n'as pas à t'en vouloir Ambre.

Elle essaie de se dégager de mes bras, mais je ne la laisse pas faire. J'ai besoin de lui parler. Il est temps que je me dévoile. Je suis terrorisé de la laisser entrer dans mon univers, mais c'est comme une évidence.

— La perte de mon père a été l'épreuve la plus difficile à vivre dans ma vie et je ne pense pas que j'arriverais un jour à la surmonter. Après son décès, j'ai totalement perdu pied. Je passais mon temps dans les clubs, je buvais de l'alcool en excès jusqu'à ce qu'un soir, je sois tellement saoul que j'ai perdu toute notion de la réalité. Je me rappelle vaguement qu'on m'a donné une sorte de bonbon, mais le reste est flou.

Ambre m'écoute attentivement, peut-être trop, je suis mal à l'aise. Je ne me dévoile pas, c'est presque devenu un principe de vie et j'ai du mal à comprendre pourquoi c'est différent avec elle.

— J'ai pris la voiture. Je me sentais fort, au-dessus de tout, sauf qu'à un moment, j'ai perdu le contrôle. J'ai coupé la route en face et ai basculé à l'envers dans le fossé. Par miracle, j'étais seul que ce soit sur la route ou dans la voiture. (Je sens Ambre bouger et poser ses mains sur mon visage, mais je dois continuer.) Quand je me suis réveillé, j'étais à l'hôpital. Je suis resté plus d'un mois dans le coma entre la vie et la mort, c'est ce qui m'a fait prendre conscience que c'était la fois de trop. Qu'à partir de là, je devais me reprendre, mais ma sœur ne m'a pas laissé le choix. Une fois mon hospitalisation terminée, je me suis retrouvé ici, sous la surveillance de Maxime. Je voulais déjà arrêter l'alcool, j'aurais très bien pu le faire chez moi. Sauf qu'à l'hôpital, on a remarqué les marques sur mes poignets, et Charlotte n'a voulu, selon elle, prendre aucun risque. Elle a réussi à me faire interner en insinuant que j'étais un danger pour moi-même.

Sans que je m'y attende, Ambre dépose ses lèvres sur les miennes. J'ai envie de la garder contre moi, mais il faut que je m'en détache.

Après un dernier baiser, je la repousse doucement. Ma raison veut qu'elle s'en aille alors que mon corps la réclame. Ce qui ne devait surtout pas arriver est pourtant en train de se produire, je commence à éprouver des sentiments pour elle, ou du moins, je commence à en prendre conscience. C'est impossible, j'ai des projets qui n'incluent personne d'autre que moi.

— Je comprends que tu lui en veuilles. Elle ne t'a pas laissé le choix.

À cette période, je me suis seulement senti abandonné, comme un boulet dont on se débarrasse. Je me sentais mal, n'avais plus aucune envie de vivre, plus aucun objectif à atteindre, mais à présent, j'en ai un bien défini. J'y pense d'autant plus que ma sortie approche.

— Je ferais mieux de partir avant qu'on me trouve ici, souffle Ambre en se redressant.

Sa poitrine se balance sous mes yeux et malgré moi, j'ai envie de les prendre dans mes mains, de sucer leurs pointes roses... Et ensuite, descendre le long de son ventre jusqu'à la lisière de son sexe…

Ambre se lève, totalement nue, m'excitant d'autant plus. Cette femme est sublime. Elle me tourne le dos dévoilant une nouvelle fois son tatouage. Je me penche sur le côté, une main sous ma tête, pour le détailler. Des fleurs entourent une cage à oiseau dont la porte est fermée. Tout est harmonieux et très féminin. Les traits noirs sont fins et glissent naturellement sur sa peau.

— Qu'est-ce qu'il représente ?

Ambre tourne la tête, certainement pour comprendre ma question et capture mes yeux.

— C'est ma cage, celle dans laquelle je suis enfermée depuis bien longtemps, mais aussi celle qui me maintient en vie, où je me sais en sécurité.

Je me lève à mon tour pour tracer le contour de son tatouage du bout du doigt. Il lui va bien, il est fait pour elle.

Je me rends compte que j'aimerais aussi être une présence qui la rassure, la sécurise, mais je ne le peux pas. C'est trop de responsabilité, je sais que je ne pourrais pas assumer. Nous avons deux chemins différents qui à un moment donné se sont percutés, mais le mien va bientôt partir dans une autre direction.

Elle se tourne alors que mon cœur se serre, il faut que je la repousse comme je n'arrête pas de le faire depuis le début, que je l'éloigne, je ne fais que lui faire du mal et je ne le supporte plus.

Nos regards se parlent, se confrontent, mais je tiens bon, je ne dois pas baisser ma garde sinon je suis perdu. Si je la laisse franchir mon cœur, je sens que je ne pourrai plus l'en faire sortir.

Ambre se racle la gorge, se penche pour attraper ses vêtements et se rhabille alors que je reste statique.

Elle pose la main sur la poignée et je la laisse faire, je la laisse partir en vérifiant par elle-même que le couloir est vide.

Le bruit de la porte qui se referme me réveille de ma léthargie et je réalise qu'il est trop tard. Cette distance entre nous, ne serait-ce que quelques mètres est difficile. Je veux savoir ce qu'elle fait, à quoi elle pense.

Mon poing vient frapper le mur, mais ça ne m'apaise pas. J'attrape ma tête entre mes mains et rejoins la salle de bain. L'odeur d'Ambre est partout, c'est infernal.

J'ouvre le jet d'eau et me lave longuement, sauf que de retour dans la chambre, tout est pareil. Son parfum flotte dans l'air, sur mes draps, c'est comme si elle était encore présente.

Comment arrive-t-elle à m'obséder à ce point ?

Je m'allonge et ferme les yeux, je dois dormir, arrêter de penser à son corps, son visage, ses gémissements.

Je souffle à de nombreuses reprises et me concentre sur ça. La nuit finit par m'emporter, mais pas pour très longtemps. Mes cauchemars reviennent me hanter, tel un cycle sans fin.

Je finis par me lever quand il commence à vraiment faire jour, mais je me pose des questions. Comment me comporter avec Ambre ? Ressent-elle aussi des choses à mon égard ? Suis-je en train de me faire des films en couleurs ? S'il faut, c'est à sens unique, elle n'a rien dit qui pourrait me prouver qu'elle s'attache à moi. Je suis dans un flou total, je n'ai jamais eu à gérer ce genre de situation auparavant.

Il faut que j'arrête ça, je ne suis plus un adolescent, mais un adulte responsable.

Après un brin de toilette, je m'habille pour aller prendre mes médicaments avant de rejoindre la salle commune.

Je traverse un couloir jusqu'à ce que j'entende quelqu'un hurler.

— Ne m'approche pas !

Je fronce les sourcils, je connais parfaitement cette voix et la peur qui s'en dégage est inhabituelle. Je me mets à courir jusqu'à débouler devant Ambre et Elias qui se mesurent du regard.

Mon ami lève la tête vers moi. Il a le visage crispé et tente de garder son calme. J'essaie de ne pas me mêler de leur embrouille. Il est soignant et doit se faire respecter, je le comprends mieux que personne.

— Ambre, tu dois prendre ton traitement, tu le sais.

— Je t'ai dit qu'il ne sert à rien, je vais parfaitement bien ! Mieux que jamais même ! En plus, je n'ai pas confiance en toi. Tu me regardais bizarrement hier.

Qu'est-ce qu'elle raconte ? Il doit juste être plus attentif après son séjour aux urgences, c'est normal... Je n'ai pas le temps de réfléchir qu'elle se tourne dans ma direction et en m'apercevant, un immense sourire traverse son visage.

— Ambre, souffle Elias, la ramenant à l'instant présent.

Je m'avance vers eux, ne comprenant pas vraiment ce qu'il se passe. Ambre avait l'air de l'apprécier, pourquoi ce retournement ?

Elle me lance un regard avant d'attraper ses médicaments. Elle les observe, les détaille sans pour autant les porter à sa bouche.

Elias braque ses yeux sur moi, je sais qu'il m'analyse et j'ai horreur de ça. Je n'ai pas forcément envie que tout le monde soit au courant qu'avec Ambre, nous avons une relation particulière, mais je suis certain qu'il a déjà compris. Il reporte son attention sur Ambre qui est toujours en train de contempler ce qu'elle doit avaler.

Pour essayer de l'aider un peu, je tends la main pour qu'Elias me donne mon petit gobelet contenant des pilules de différentes couleurs. Je l'attrape et le vide aussitôt.

Ambre souffle longuement, mais finit par faire comme moi. Elle attrape un verre d'eau et le boit d'une traite. Elias me remercie silencieusement avant de me rappeler :

— N'oublie pas que cet après-midi tu as quartier libre.

Comment pourrais-je ne plus m'en souvenir ? Je ne sais même pas ce que je vais faire. Je me sens hors du temps, hors de la vie courante. Cet après-midi de liberté est un moment où je peux faire ce que je souhaite et qui pourtant m'effraie.

Je fais un signe de tête à Elias et commence à remonter le couloir, Ambre sur mes talons.

— Tu as vraiment de la chance et pourtant tu n'as pas l'air content, me lance-t-elle.

— Rien de bon ne m'attend dehors.

Elle trottine pour suivre mes pas jusqu'à ce qu'elle agrippe mon bras pour me faire stopper.

— Pourquoi dis-tu ça ?

Je braque mes yeux sur elle, espérant qu'elle comprenne que j'en ai marre de me confier. Je lui en ai dit bien plus qu'à n'importe qui et c'est trop.

Je me dégage de sa poigne, malgré ce que je peux ressentir, je n'ai aucune envie de m'afficher avec elle. Ça lui ferait du mal, car une fois sorti d'ici je ne la reverrais plus.

— Pour rien et arrête de me coller. Ce n'est pas parce qu'on baise ensemble qu'on est quoi que ce soit l'un pour l'autre.

Touchée par ma remarque, elle se colle contre le mur, comme s'il pouvait la soutenir.

— Pourquoi es-tu comme ça ? me demande-t-elle.

Elle frotte ses poignets comme s'ils la démangeaient. Sa soudaine fragilité me fait presque regretter ma brusquerie, mais elle ne doit pas s'attacher à moi.

— C'est-à-dire ?

— Aussi con ?

Je hausse un sourcil et me rapproche d'elle jusqu'à ce que mes chaussures butent contre les siennes.

— J'ai certainement du mal entendre..., soufflé-je tout contre sa bouche.

Ses yeux se fixent dans les miens, comme un défi. Elle pense pouvoir tout se permettre, mais elle se trompe.

— Je ne crois pas, non. Tu es tellement lunatique que je dois toujours réfléchir avant de parler et ça me fatigue.

J'éclate de rire. Elle, réfléchir avant de parler ?! C'est la meilleure ! Elle ouvre toujours sa bouche à tort et à travers.

Alors qu'un fou rire me prend, une gifle vient me rappeler à la réalité.

J'attrape aussitôt la gorge d'Ambre et la plaque violemment contre le mur.

— Pour qui tu te prends ?

C'est à son tour de ricaner, comme si elle ne prenait pas au sérieux mes menaces physiques. Cette femme me fait perdre patience.

— Vas-y, serre, empêche-moi de respirer. Que vaut ma vie de toute manière ?

Ses paroles m'atteignent bien plus qu'elles ne le devraient. Elle sait très bien que je n'irais pas jusqu'au bout, que je suis incapable de lui faire véritablement du mal. Ma main descend sur son épaule et la retourne promptement. Son corps s'étale face au mur alors que je la bloque du bassin. Mes doigts se faufilent sous son tee-shirt jusqu'à trouver l'objet de mes désirs. Mon membre pulse fort contre ses fesses offertes. Ce n'est pas du tout le bon endroit ni le bon moment pour faire ce genre de chose, mais Ambre me retourne le cerveau. J'attrape sa poitrine à pleine main et joue avec ses pointes tendues. Son souffle se bloque alors qu'elle se cambre un peu plus vers moi.

Je me rends compte que c'est comme une routine chez nous. Elle me met sur les nerfs et je finis par la baiser. C'est un peu comme si elle avait trouvé le bouton qui enclenchait mon excitation.

Je me recule et la lâche aussitôt. Cette fois-ci, elle ne va pas gagner si facilement.

Elle est surprise, mais reste concentrée sur son objectif. Elle avance lentement vers moi, jusqu'à poser doucement ses lèvres sur moi.

— Je n'aurais pas dû te frapper, je suis désolée, souffle-t-elle entre deux baisers.

Comment lui résister ? Sa bouche douce, ce goût sucré... Ma langue vient titiller la sienne jusqu'à ce que quelqu'un se racle la gorge dans mon dos. Je quitte sa bouche à contrecœur et quand je me retourne, je tombe nez à nez avec Maxime. Sa fureur transpire de tout son être.

J'entends Ambre bouger dans mon dos, elle doit certainement remettre ses vêtements en place avant de poser une de ses mains sur mon bras. Son contact me calme, même si la moindre étincelle pouvait faire repartir le brasier.

Nous nous mesurons du regard alors qu'il observe la scène. Il ne pouvait pas simplement passer son chemin ? Pourquoi nous fait-il remarquer sa présence ?

— Je peux te parler Jared ?

Je fronce les sourcils, je n'en ai aucune envie, sauf qu'Ambre serre mon bras et me souffle à l'oreille, qu'elle va en salle commune. Mon regard ne quitte pas Maxime et je n'arrive pas à comprendre pourquoi ses yeux braqués sur Ambre me donnent envie de le fracasser.

Je croise les bras. Il a dix secondes pour me convaincre de l'écouter.

— Aller parle !

Il vérifie que nous sommes seuls avant de reporter son attention sur moi.

— Je ne devrais pas t'en parler, je n'en ai pas le droit, mais j'essaie depuis toujours de te protéger... Ambre est très malade, il faut que tu fasses attention avec elle.

Je secoue la tête. Pour me dire ça, c'était inutile que je lui accorde du temps. Je commence à remonter le couloir quand il continue :

— Je ne peux pas t'expliquer, je dépasse déjà largement mes droits, mais elle est très instable.

Je n'ai pas besoin de lui pour savoir ça. Sa tentative de suicide m'a déjà mis sur cette voie. Je me retourne et lui lance :

— Tu as pris conscience de ça quand tu la culbutais ?

Maxime serre les dents avant de secouer la tête.

— Je voulais simplement te prévenir. Je l'ai fui aussi pour l'emprise qu'elle avait sur moi. Tu es au courant, maintenant fait en ce que tu en veux.

— Tu ne m'as rien dit que je ne sache déjà. Et je n'ai besoin de personne, je suis assez grand pour me protéger seul, c'est ce que toi et Charlotte ne comprenez pas. Tout ce que j'ai fait était mon choix et celui de personne d'autre.

— Ne bousille pas tout cette fois-ci. Ta sortie est proche. Évite de revenir au centre totalement bourré si tu veux que ce soit la bonne.

Me rappeler mes erreurs, fait grimper ma tension. Plusieurs fois, on m'a autorisé des sorties, qui je l'avoue ne se sont pas très bien terminées, mais à présent, j'ai un but. J'ai mis longtemps à comprendre que je devais suivre cette voie, mais c'est chose faite.

Un tour du monde, comme j'en ai toujours rêvé.

Chapitre 6

Je fixe le tableau qui me fait face sans vraiment le voir, alors que mon patron s'installe dans son fauteuil. Il ne perd pas de temps et me lance :

— J'ai interrogé plusieurs soignants, dont un qui m'a rapporté un rapprochement avec mademoiselle Doval. Il vaut mieux que vous me disiez tout de suite ce qu'il se passe entre vous. Si je découvre que vous m'avez menti, je ferai tout pour vous faire tomber, sans possibilité de vous relever.

J'hésite à lui sortir le premier mensonge qui me vient, mais à quoi bon encore nier ?

— Elle est mon ex-petite amie.

Mon patron se redresse et attrape un stylo qu'il se met à tordre brutalement.

— Vous rendez-vous compte de la gravité de la situation ? Je n'arrive pas à le croire ! J'avais confiance en vous. Je vous ai donné des responsabilités et vous m'avez trahi ! Je vous suspends. Vous allez prendre vos affaires dans votre bureau et vous rentrez chez vous. Une enquête sera faite. Je ne vous protégerais pas, vous avez omis de me dire votre lien avec une patiente. Si, en plus, vous avez eu des relations avec elle, vous pouvez dire adieu à votre carrière. Même si la relation est consentie des deux côtés, elle a des soucis psychologiques et ça en devient de l'abus de faiblesse. J'espère pour vous que vous avez su garder un minimum de distance.

Que puis-je répondre ? Je suis abasourdi. Évidemment que j'avais conscience de faire une connerie à ce moment-là, mais pas une qui me coûterait mon boulot, en plus de ma famille. C'est un cauchemar.

— Vous pouvez y aller, je vous rappellerai si j'ai besoin de renseignements.

J'avale ma salive et me dépêche de me mettre debout.

Je sors du bureau alors que l'air a déserté mes poumons. Je suis dans une merde pas possible. Je suis mis à pied ! J'ai du mal à réaliser ce que ça implique. J'ai tout fait pour arriver au sommet et en une fraction de seconde, je dégringole. Tout mon univers bascule et s'écroule comme un château de cartes.

Je rejoins le centre, celui dont je suis, ou plutôt j'étais responsable. Mes membres avancent de leur propre chef, alors que mon cerveau tourne à plein régime. Comment vais-je me sortir de tout ça ?

Je passe la porte et tombe nez à nez avec Rebeca qui finit son service. Ses yeux me parcourent rapidement avant de baisser la tête.

J'ai envie de l'étrangler. Mes mains me démangent, cette salope est la cause de ma déchéance. Si j'avais tenu ma queue éloignée d'elle, tout ça se serait passé très différemment. Je reste quelques secondes devant elle à la dévisager. Qu'ai-je pu bien lui trouver ?

— Tu peux te décaler s'il te plaît, chuchote-t-elle.

Sa voix m'est insupportable tout comme sa présence. Je m'avance vers elle et la vois nettement se crisper alors que sa main serre un peu plus la lanière de son sac. Tout en elle me révulse à présent.

Je la frôle pour passer mon chemin et remonter le couloir. Elle ne mérite pas que je lui accorde ne serait-ce qu'une seconde de mon temps.

Alors que je grommelle tout seul, j'aperçois Jared de dos. Il a l'air occupé, mais j'aimerais lui parler avant de quitter les lieux.

Je me racle la gorge sans discrétion et il finit par se retourner, sauf que lorsque mes yeux tombent sur Ambre qui remet ses fringues en place, mon cœur a un sursaut. J'avais espéré que Jared se lasse d'elle, comme avec les autres, mais apparemment, ce n'est pas le cas.

Je n'ai soudain plus qu'une envie : le frapper. Jared a été mon meilleur ami, le seul qui en sait autant sur moi et voilà comment ça se termine. Je le hais et je sais pertinemment que c'est réciproque.

Voir Ambre dans ses bras est difficile de par notre passé. J'ai beaucoup douté sur mes sentiments, mais elle n'est qu'un souvenir. Malgré ça, c'est tout de même douloureux de la voir passer à autre chose.

Leurs corps attirés l'un par l'autre, montrent une complicité qui me met en rage parce qu'elle a l'air plus forte que celle que nous avions. Je l'ai souvent imaginée avec un autre homme et c'était normal. J'étais parti, elle était libre. Mais la voir dans ses bras est une autre affaire. Je n'arrive pas à supporter qu'elle puisse ressentir quoi que ce soit d'au moins équivalent à nos sentiments l'un pour l'autre et encore moins pour lui. Il était une personne de confiance et ne m'aurait jamais fait ça avant... Avant que je sois obligé de le faire interner pour ne pas qu'il se suicide.

Le souvenir de ce jour est gravé dans ma mémoire. Le téléphone qui sonne, Charlotte qui répond et ses cris, son angoisse. Je me suis promis de tout faire pour qu'elle n'ait plus jamais à vivre ça. Lorsque Jared a été désintoxiqué, j'ai tenté de le faire sortir. Je me disais que je ne devais pas abuser et Charlotte voulait retrouver son frère, celui qu'il était avant la mort de leur père, sauf que les choses ont mal tourné. Il n'est pas revenu au centre et avons dû le chercher partout. Nous étions totalement affolés qu'il lui soit arrivé quelque chose ou qu'il se soit fait du mal. Je l'ai retrouvé dans une ruelle mal famée. Il était assis, dans un état second et se coupait les poignets avec un couteau sûrement piqué sur la table d'un restaurant. À ce moment-là, j'ai compris que les choses allaient être plus compliquées que je ne le pensais. Il n'avait aucune raison de vivre, aucune raison de se battre. Il prenait sa sœur pour responsable de son internement, alors que le seul à qui il aurait dû en vouloir, c'est à lui-même.

Ambre se décale et mes yeux sont immédiatement attirés par elle.

Je sais que ce n'est pas le moment de faire un quelconque scandale ou de me faire remarquer, mais j'ai du mal à me retenir. Je vois leur regard qui s'accroche une seconde de trop, le sourire que lui accorde Ambre. Je ne peux pas m'empêcher de repenser à l'époque où c'était moi qu'elle adulait, moi qu'elle voulait entre ses bras...

Je ne peux détourner mon regard de cette femme jusqu'à ce qu'elle disparaisse au détour d'un couloir. Je sais que je dois la laisser vivre. J'ai une famille, du moins j'en avais une et je dois tout faire pour réparer les dégâts. Ils sont plus importants que tout.

— Allez, parle ! me balance Jared.

Sa mâchoire est serrée et ses yeux me fusillent, mais je dois le mettre au courant. Sa sœur m'a fait jurer de tout faire pour le protéger, alors c'est ce que j'essaie de faire. Bien entendu, il ne m'écoute pas, je m'en étais douté. Ambre est complexe, il ne faut pas qu'il se laisse entraîner dans ses délires. J'ai fait ce que j'avais à faire en le lui expliquant, maintenant c'est son problème. De toute façon, je ne risque plus de le croiser avant un bon moment.

Je lui rappelle une dernière fois qu'il doit se tenir à carreau s'il veut sortir d'ici. Je vais forcément être remplacé et selon la personne, elle sera moins indulgente que moi à son égard.

— Ce n'est pas que je m'ennuie, mais j'ai autre chose à faire que perdre mon temps avec toi, me lance-t-il.

— Une dernière chose, Rebeca m'a fait des menaces...

— Qu'est-ce que j'en ai à foutre ?

— Elle veut s'en prendre à Ambre.

Jared tique et ses poings se serrent, mais il reste statique.

— Tu as fini ?

Je me force à rester calme et hoche simplement la tête alors qu'il rejoint la salle commune. Je regrette le tournant qu'a pris notre relation. Notre amitié a été soudaine et inattendue avant de se terminer de la même manière. J'ai tenté de l'aider à remonter la pente, à faire son deuil, mais il n'était pas prêt à l'accepter et je ne pense pas qu'il le soit davantage aujourd'hui. Sauf que je ne suis plus en mesure de faire quoi que ce soit pour lui. Je reprends ma route jusqu'à mon bureau.

Je ferme la porte derrière moi. J'ai passé tellement d'heures ici. Ma vie a été dédiée à ce boulot. C'est une vocation, quelque chose qui me fait vibrer, sauf que c'est terminé. Je ne sais pas comment je vais me relever de tout ça, si c'est vraiment possible. J'ai fait des erreurs, sûrement trop et je mérite mon sort.

J'avance jusqu'au meuble en bois où se trouve mon ordinateur ainsi que nombre de mes affaires. Il est temps de débarrasser les lieux.

J'empile tout et attrape un carton qui traîne pour emporter une partie de ma vie. Je fais le tour de la pièce du regard, comme pour l'imprimer une dernière fois dans ma mémoire. Au fond de moi, je suis certain de ne plus y mettre les pieds. Alors que j'attrape le carton, la porte s'ouvre sur Elias.

Il ne doit pas encore être au courant que je suis mis à pied et je ne sais pas trop comment le lui annoncer. Nos rapports se sont dégradés au fil du temps, mais il n'en reste pas moins une personne que j'apprécie.

— Je…

— C'est moi qui prends ta place, balance-t-il en souriant.

Je cligne des yeux, j'ai sûrement mal compris ! Évidemment que je m'attendais à ce que je sois remplacé, mais pas aussi vite, et pas par lui.

— Le patron m'a proposé de faire l'intérim le temps de trouver quelqu'un de compétent pour prendre ta suite.

J'ai envie de hurler, de me défendre, de leur rappeler à tous le boulot que j'ai fait pendant toutes ces années, mais je n'en ai plus l'énergie. Je suis lessivé et ne désire plus que rentrer chez moi.

Je passe devant lui sans une parole ni un regard. Qu'il se débrouille.

Le trajet jusqu'à la porte du service me paraît interminable. Certains soignants s'arrêtent sur mon passage, comme si j'étais un condamné à mort. J'essaie d'occulter tout ça jusqu'à ce que Rebeca se trouve face à moi. Ma rage contenue se répand dans mes veines, mais ce n'est ni le lieu ni le moment de lui dire ma façon de penser. Elle doit croire que sa menace concernant Ambre me fait peur, mais elle est loin du compte. Je suis certain que Jared fera tout pour la protéger, je l'ai vu dans son regard, même s'il n'en a sûrement pas encore conscience. C'est la première fois qu'il fait autant attention à une femme. Il a fallu que ce soit celle qui me fasse perdre la tête rien que par sa présence, mais j'ai fini par comprendre qu'entre nous c'était terminé. Je ne ressens plus l'amour que j'avais pour elle. Je l'ai cru lorsqu'elle est réapparue dans ma vie, mais non. La seule à qui je pense constamment, celle dont j'ai besoin, c'est Charlotte. J'ai aussi tout foiré sur ce plan-là.

Je ferme les yeux une seconde avant de passer mon badge sur le boîtier. La porte s'ouvre et je me dépêche de sortir prendre l'air.

Alors que j'avance vers le parking, je lève la tête vers la fenêtre de la salle commune du service et tombe aussitôt sur les yeux d'Ambre. Je suis certain qu'elle me remarque et me dévisage. Je regrette de ne pas avoir pris le temps de lui dire au revoir, mais quand je vois la personne se positionner dans son dos, je me rappelle qu'elle est déjà bien entourée. J'espère que Jared arrivera à l'aider mieux que ce que j'ai pu faire moi.

Je me détourne et rejoins ma voiture. Je jette le carton à l'arrière avant de prendre la route jusqu'à chez moi.

Je pousse la porte et espère voir apparaître la femme de ma vie. Hier soir, elle n'était pas là. J'ai eu un simple SMS me disant qu'elle passait la nuit chez une amie. Évidemment, j'ai tenté de la joindre à de nombreuses reprises, sauf que je tombais directement sur son répondeur. Alors au bout de deux heures, j'ai laissé tomber.

J'avance dans le couloir jusqu'à la cuisine, mais comme je m'y attends, elle est désespérément vide. Je pose mes affaires, j'ouvre un placard pour en sortir une bouteille de whisky et m'en sers un verre que je bois d'une traite avant d'en faire couler à nouveau dans ce récipient qui me paraît trop petit.

Je fais le tour de l'îlot central pour aller m'asseoir dans le canapé en compagnie de la bouteille de liquide ambré. Qu'est-ce que je vais faire maintenant ? Je n'ai plus rien. Je refuse de rester cloîtré dans cette maison et encore moins seul.

Du bruit à l'étage me fait soudain lever la tête.

Je me lève d'un bond et cours presque jusqu'à ma chambre.

J'écarquille les yeux lorsque je vois Charlotte assise par terre, le visage entre les mains. Je vois ses épaules se soulever et entends ses sanglots.

Je me précipite sur elle et même si elle se raidit à mon contact, je l'entoure de mes bras. J'ai besoin de sa chaleur, de son odeur, d'elle tout simplement. Je ne supporte pas d'être séparé de cette femme ne serait-ce que quelques heures.

Les minutes s'éternisent et j'ai espoir qu'elle m'écoute. Elle ne s'est pas dégagée, ça doit bien vouloir dire qu'elle est prête à entendre ce que j'ai à dire.

— Je suis tellement désolé Charlotte…

Elle sursaute contre moi et ce que je redoutais arrive.

En se tournant, une gifle me frappe violemment. Dans un réflexe, j'attrape ses poignets et les serre fort. Elle se débat et je ne sais pas quoi faire pour la calmer. Ses hurlements et ses insultes à mon encontre emplissent la pièce et elle a bien raison. J'ai été le pire des abrutis. Comment ai-je pu m'éloigner de la seule femme que j'aime ?

Elle me repousse avec une telle hargne que je la lâche et elle en profite pour se mettre debout et s'avance jusqu'à la porte. C'est à cet instant que je remarque sa robe de mariée au sol. Elle est en lambeau. Les ciseaux qui se trouvent à côté me donnent une idée de ce qu'il lui est arrivé et mon cœur s'arrête. Elle ne veut plus de moi ni de notre engagement, sauf que je ne peux pas le supporter !

Elle est à moi et le bébé qui grandit en elle, également ! Jamais elle ne me privera de ça, c'est inconcevable.

Je me redresse en vitesse et attrape son bras juste avant qu'elle ne s'enfuie.

Je la ramène contre moi alors que son souffle se coupe.

— Lâche-moi Maxime, tu me fais mal !

Elle a raison, je dois la laisser tranquille, la laisser partir, même si ça me détruit. Je ne la mérite pas. Sauf que c'est comme si mon corps ne m'obéissait pas, comme s'il avait sa propre volonté. Je la plaque contre le mur, attrape sa mâchoire et l'embrasse.

Je dois m'arrêter, une sirène sonne dans ma tête à m'en crever les tympans, mais ma raison s'est fait la malle. Son goût sur ma langue, me rappelle à quel point je la désire. Je fouille sa bouche jusqu'à ce qu'elle me morde, me faisant reculer vivement. Elle en profite pour m'envoyer son genou dans les parties. Mes doigts se relâchent et elle file dans l'escalier. J'entends les marches grincer sous ses pas et me retiens de la suivre. À cet instant je sais que je l'ai perdue, j'ai conscience d'être allé trop loin et qu'elle ne me le pardonnera pas. S'il y avait une infime chance, je viens de la flinguer.

Je m'effondre au sol et me rejoue la scène, comme si je pouvais la rejouer, mais c'est impossible, c'est trop tard.

Je rampe tant bien que mal jusqu'à la fenêtre et me hisse juste à temps pour voir Charlotte courir dans la rue et monter dans sa voiture garée plus loin.

Je n'arrive plus à respirer, elle m'abandonne, elle emporte mon enfant avec elle ! Comment ai-je fait pour tomber si bas en quelques jours ?

Plus j'y pense et plus je me dis que tout a commencé avec l'arrivée d'Ambre au centre. Depuis ce jour-là, tout va de travers.

Je la protège depuis le début, mais si en réalité tout était de sa faute ? Et si elle avait assez bien manœuvré pour que ma vie devienne un enfer ?

Je me retourne et m'avance dans la pièce pour boire une longue gorgée avant d'attraper mon téléphone. J'ai reçu un message il y a quelque temps, mais j'ai cru à une plaisanterie. Peut-être que finalement, je me trompais, il est temps d'en avoir le cœur net.

Une fois cette affaire réglée, je remonte dans ma chambre et reste des heures dans ma chambre à réfléchir, à essayer d'assembler les morceaux du puzzle, mais je suis certain qu'il me manque des pièces, car rien ne s'emboîte comme il faut !

Je me relève péniblement et après un dernier regard à cette robe blanche qui symbolise tout ce que je viens de perdre, je sors de la maison en titubant et rejoins ma voiture.

Je dois savoir et il n'y a qu'une seule personne qui pourra me répondre !

Chapitre 7

Ambre

J'observe Maxime dehors qui part comme un voleur et suis pleinement satisfaite. Il mérite ce qui lui arrive. Il a joué avec moi, mais n'aurait pas dû. Je suis venue ici pour lui et je n'ai pas reçu l'accueil auquel je m'attendais !

Deux mains passent autour de mes hanches et cette odeur si particulière qui m'enivre s'accroît, tel que j'en perdrais presque la tête.

Jared embrasse doucement mon cou, j'aime tellement l'avoir aussi près de moi. Sa langue titille ma peau, la faisant entrer en ébullition. Il a un pouvoir que je ne devrais pas lui laisser exercer, et pourtant, j'aime ça. J'ai toujours envie de l'avoir contre moi, en moi. Je me tourne entre ses bras oubliant la présence de Maxime. Jared m'envoûte.

— Je ne serai pas là cet après-midi, je sors, me souffle-t-il.

Je caresse doucement sa joue, imprimant ses traits dans mon esprit. Si un jour on m'avait dit que je rencontrerais un homme tel que lui, dans un endroit comme celui-là, je n'y aurais jamais cru. Malgré son côté lunatique, il est tendre et prend soin des autres.

— Que faites-vous tous les deux ? Séparez-vous ! nous lance Rebeca qui vient d'entrer dans la salle.

Je lui lance un grand sourire avant de relever la tête pour embrasser Jared. Il a une seconde d'hésitation avant d'attraper ma nuque pour approfondir notre baiser. Si elle croit qu'elle a un quelconque pouvoir sur nous, elle se trompe. Je n'obéis à personne !

Je suis soudain tirée en arrière et éloignée de cet homme qui me fait chavirer. J'ai du mal à comprendre que j'éprouve tous ces sentiments pour lui. Nos regards se captent et je ne peux m'en détacher. Je me débats quelques secondes avant de laisser tomber.

— Tu n'as pas tous les droits ici, Ambre ! me souffle Rebeca à l'oreille.

Elle me relâche tout en nous prévenant que si nous recommençons, nous aurions droit à l'isolement. Cette menace, même si je ne pense pas qu'il l'applique pour si peu, me freine. La seule chose qui me retienne est que je n'ai pas envie d'empêcher Jared de sortir, donc je garde une distance respectable.

Des rires traversent la salle et ce n'est qu'à ce moment que je me rends compte que tout le monde a porté son attention sur nous. Je remets mes cheveux en place avant de m'asseoir à une table. C'est la seule technique que j'ai trouvée pour ne pas coller mon corps contre le sien.

Jared, lui, parcourt la salle jusqu'à la cafetière. Il remplit deux tasses avant de tirer une chaise pour se mettre face à moi.

Je le remercie lorsqu'il pose une tasse fumante devant moi et prends une petite gorgée.

— Alors, que vas-tu faire de tes heures de liberté ?

Il touille nerveusement son café avec sa cuillère avant de lever les yeux sur moi.

— Je ne sais pas. J'ai l'impression de sortir d'un cocon. Sauf que je ne sais plus comment fonctionne le monde extérieur. De plus, mes démons ne sont jamais loin.

Il est perdu, c'est compréhensible. Mais il doit comprendre que sa vie ne se résume pas à ce centre.

— Tu as des projets pour après ?

Il fronce les sourcils et se renferme. Qu'ai-je dit de mal ? Tout le monde souhaite accomplir certaines choses dans sa vie, ça doit forcément être son cas.

Jared attrape son mug et le porte lentement à sa bouche. J'aimerais le questionner, mais il est impulsif et n'ai pas envie de me fâcher avec lui. Je veux simplement profiter du temps qu'il nous reste. Je sais que notre avenir est incertain. J'aimerais qu'il ne m'oublie pas, qu'il soit là le jour où je sortirai... Mais je n'ai plus envie de me leurrer. Maxime ne m'a pas attendue, alors pourquoi Jared, que je connais depuis peu, le ferait-il ? Après tout, il ne m'a rien promis.

— Je vais faire le tour du monde.

Je reste coite quelques secondes avant de me souvenir qu'il en avait effectivement parlé. Je pensais que c'était une idée en l'air, pas vraiment réelle. Il va partir à des centaines, voire des milliers de kilomètres... Le jour où il franchira la porte pour la dernière fois, je ne le reverrai plus, j'en ai la conviction. Mon cœur tambourine à m'en faire mal. Même si je m'en doutais, l'entendre rend cet abandon véritable.

— C'est cool, m'obligé-je à dire.

Jared penche la tête, ses yeux ancrés dans les miens.

— Oui, c'est ce que j'ai toujours voulu et rien ne me détournera de ce but.

J'avais déjà compris le message avant qu'il n'en rajoute. Il ne restera pas, pour rien ni personne. Je n'ai donc plus beaucoup de temps pour me rassasier de cet homme.

Je finis ma tasse alors que Jared est toujours en train de m'observer. Je n'aime pas qu'on me regarde de cette façon, qu'on tente d'entrer dans ma tête.

— Tu pars à quelle heure ?

— Pressée de se débarrasser de moi ? me répond-il avec un petit sourire très charmant.

J'enroule une mèche de cheveux autour de mon doigt avant de tirer sur mon décolleté comme s'il faisait une chaleur torride.

— Un de perdu dix de retrouvés..., soufflé-je en me levant pour rejoindre un petit groupe en train de faire des maquettes.

Un bateau de taille assez imposante est en train de prendre forme. Je prends une chaise pour m'installer à côté d'un homme. Je n'ai pas spécialement discuté avec les autres hormis Mely. Il attrape une pièce, la regarde sous tous les angles avant d'attraper un tube de colle et d'en badigeonner un côté. Il a l'air patient et méticuleux, tout ce que je ne suis pas.

Je l'observe un certain temps avant de bâiller bruyamment. Ça m'a échappé et vu tous les regards tournés vers moi, je n'ai pas été très discrète.

La soignante, Élodie, qui anime l'activité se rapproche lentement de moi avant de se baisser pour être à ma hauteur.

— Tu veux nous aider ?

J'explose de rire. Moi, coller des bouts de bois ? Sans façon. Sauf que j'avais un but en venant les rejoindre donc j'acquiesce.

Elle me lance un grand sourire, toute fière d'elle. Si elle savait à quel point je me fous de sa maquette !

J'attrape un morceau qui traîne sur la table et fais comme mon voisin. Je l'observe dans tous les sens, sauf que je n'ai aucune idée d'où ça va. Je le regarde encore et encore jusqu'à ce qu'on me l'arrache des mains.

— Tu peux arrêter de secouer cette pièce devant moi alors qu'elle ne va qu'une fois tout le bas terminé.

Je hausse un sourcil, il n'a pas l'air commode celui-là.

— Salut, moi c'est Ambre ! lancé-je gaiement, espérant lui faire oublier sa mauvaise humeur.

Il pose doucement la pièce plus loin avant d'en attraper une autre, ignorant ma main tendue vers lui.

— Tout le monde sait qui tu es.

Je suis célèbre ! Quelle chance...

— Sauf que moi je ne te connais pas.

— Je suis celui qui doit supporter tes gémissements constamment. Ma chambre est en face de la tienne.

J'éclate de rire, si fort que je vois Jared avancer vers nous, crispé.

Je me penche à l'oreille du type dont j'ignore toujours le prénom, tout en frottant nonchalamment ma poitrine contre son épaule et lui chuchote :

— La prochaine fois, tu pourrais être celui qui me fait gémir...

Son visage rougit instantanément, c'est trop drôle !

— Je... Tu...

— Je comprends, tu préfères jouer avec tes maquettes, lancé-je en me levant.

Sauf que je n'ai pas le temps de m'éloigner qu'il attrape mon poignet. Sa prise est puissante et me fait mal, mais je ne dis rien, après tout, je l'ai provoqué.

Jared est aussitôt sur nous, prêt à montrer que c'est lui l'homme.

— Lâche-la tout de suite !

Les deux se mesurent du regard alors que j'observe le spectacle.

Élodie s'approche à son tour, mais le regard meurtrier que lui lance Jared la fait stopper net. Mes yeux détaillent sa musculature qu'il met clairement en avant. Son tee-shirt a soudain l'air minuscule pour son corps tendu. Malgré moi, il m'excite. Tout disparaît autour de moi pour me concentrer sur mes sensations, celles dont je me rappelle, son sexe qui bouge en moi, qui me pénètre au plus profond et qui me donne un plaisir sans égal.

Les doigts qui m'enserrent se relâchent légèrement, refaisant circuler mon sang normalement. J'essaie de bouger pour me libérer, mais il ne me laisse pas faire. Jared s'approche à nouveau. Je ne sais pour quelle raison, du moins je n'ai aucune envie de me l'avouer, je veux qu'il me revendique comme sienne, même si ce n'est que pour quelques semaines.

— Tu es sourd ? Je ne le répéterai pas.

La menace fait son effet, car je suis à nouveau libre de mes mouvements. Je frotte mon bras avant de me tourner vers l'homme qui nous fusille du regard.

— Finalement j'ai changé d'avis. Je préfère que ce soit lui qui me fasse jouir.

Je rejoins la vitre, m'éloignant le plus possible. Élodie me dévisage, que me veut-elle ? Elle est peut-être jalouse en voyant Jared me rejoindre. Il ne me touche pas, garde quelques centimètres de distance et c'est insupportable.

— À quoi tu joues Ambre ?

Son visage est crispé et il lâche mon regard pour observer l'extérieur. Moi je ne peux que constater qu'Élodie continue de nous observer.

— Je ne joue pas, Jared ! insisté-je sur son prénom.

Sa mâchoire se contracte alors qu'il pose une main sur la vitre.

— Tu veux baiser ailleurs ? Maintenant qu'il n'y a plus Maxime, tu en cherches un autre ?

Sa remarque me touche en plein cœur, mais j'avoue l'avoir mérité.

— Je peux me faire pardonner…, susurré-je langoureusement.

Il tourne son visage pour capter mes yeux. Les siens sont enflammés d'une lueur que je connais bien. Il a envie de moi, autant que j'ai envie de lui.

— On pourrait trouver un coin tranquille, continué-je, alors qu'il me déshabille au fur et à mesure que son regard descend sur mon corps.

— Tu ne sais pas à quel point tu m'énerves Ambre…

Je ne peux que lui sourire, je voulais le rendre jaloux et je pense que j'ai réussi mon coup. Je veux lui faire prendre conscience qu'il tient à moi, bien plus qu'il n'a l'air de le penser. Je sais pertinemment que ça ne changera rien quant à la suite, mais sait-on jamais, ça lui donnera peut-être envie de repasser par ici un jour ou l'autre.

Il approche son visage du mien et me souffle :

— Mais tu m'excites comme aucune femme.

Il se tourne avant de rejoindre la porte, me laissant pantelante. Mon sang s'échauffe et je m'apprête à le rejoindre lorsque je croise encore le regard de la soignante. Je commence à en avoir marre d'être constamment surveillée. Elle n'a rien de mieux à faire ?

Je change de direction pour aller me poster à côté d'elle.

— Il y a un problème ?

Elle se retourne en fronçant les sourcils.

— Bien sûr que non Ambre, pourquoi me demandes-tu ça ?

Elle me prend pour une conne en plus !

— Alors, arrête de me regarder et occupe-toi de tes affaires.

Son visage se décompose, mais je ne perds pas une seconde de plus avant de sortir de la pièce.

Je regarde des deux côtés du couloir, mais il est vide, où est passé Jared ?

Dans une impulsion, je prends le couloir des chambres lorsque quelqu'un attrape mon bras et me tire dans une petite pièce. L'éclairage est minime, mais je n'ai pas besoin de ça pour savoir que c'est l'homme dont j'ai envie, celui qui me hante depuis que j'ai mis le pied dans ce centre. J'ai tout de suite senti une attraction entre nous, sans que je ne puisse vraiment l'expliquer.

Il m'attire contre lui et dépose un baiser ravageur sur mes lèvres. Mes mains se posent sur son torse que je prends plaisir à caresser. Tout s'arrête à chaque fois que nos corps fusionnent. Mes doigts descendent jusqu'à son sexe dur qui tend son pantalon. Je frotte ma pomme contre lui, quand Jared se met à grogner, m'électrifiant. J'en veux plus.

Je quitte sa bouche pour me retrouver à genoux devant lui. Ses pupilles sont fixées sur moi alors que son souffle est aussi erratique que le mien.

Je baisse son pantalon, emportant son boxer avec, jusqu'à ce que tout se retrouve à ses pieds. J'approche ma main de son membre assez imposant. Tous les souvenirs de celui qui se déchaîne en moi, qui frotte l'intérieur de mon intimité, me font perdre la tête. Je dépose ma langue sur le bout de son gland et l'entends souffler longuement.

Depuis que j'en ai le pouvoir, j'aime maîtriser la situation, être celle qui décide de la suite. Je fais tourner ma langue autour de son sexe avant de l'engloutir. Je prends mon temps, le fais jurer, lui fais perdre pied. Mes mouvements se font de plus en plus rapides avant qu'il ne se penche un peu et soulève mes cheveux pour mieux voir le spectacle.

— Putain Ambre…, me prévient-il.

J'accélère encore un peu la cadence jusqu'à sentir sa semence se déverser dans ma gorge. Je continue lentement de jouer avec ma langue jusqu'à le sentir s'apaiser.

— Jared ? entend-on soudain à l'extérieur de la pièce.

Je prends alors le temps de la détailler. Elle est petite et contient des vêtements, identiques à ceux que nous portons, ainsi que du papier toilette.

La voix crie à nouveau le prénom de l'homme qui est toujours face à moi. Je me relève vivement alors que Jared se rhabille.

— Je suis désolé, je te rendrai la pareille dès que possible.

Il m'embrasse tendrement avant de sortir de la pièce, me laissant seule. Je m'affale contre une étagère, excitée et surtout frustrée. Je n'en reviens pas qu'il me laisse dans cet état !

J'attends quelques minutes pour être sûre que le couloir est vide avant de rejoindre ma chambre. J'ai besoin d'une bonne douche, et de me libérer de toute la tension qui parcourt mon corps.

Je claque la porte derrière moi et me déshabille en vitesse. Je vais dans la salle de bain, allume l'eau et me mets sous le jet.

Jared a dû sortir, il doit être libre alors que moi je suis ici, enfermée pour je ne sais combien de temps. Ce constat serre mon cœur, j'aimerais tellement pouvoir profiter de l'extérieur avec lui, retrouver une vie normale…

Un bruit me fait tourner la tête. J'éteins l'eau et tends l'oreille, mais tout reste silencieux, c'était sûrement dans le couloir.

J'attrape une serviette et m'enroule dedans avant de me poster devant le miroir. Je m'observe et me vois différemment peut-être plus…heureuse. Est-ce possible que Jared me rende plus épanouie ? Et si tel est le cas, qu'est-ce que ça peut vouloir dire ? Suis-je en train de m'attacher à lui ? D'en tomber amoureuse ?

Je secoue la tête et me retourne, sauf que je n'ai pas le temps de réagir que ma tête cogne contre le lavabo.

Je tombe au sol alors qu'il attrape ma cheville et me traîne jusqu'au centre de ma chambre.

Tout tourne autour de moi, mais j'essaie de ne pas sombrer dans l'inconscience, je dois me battre. Je ne comprends pas ses actes, mais le danger transpire de lui. Il n'a jamais montré autant d'agressivité à mon égard et des souvenirs d'un autre homme se superposent, me terrifiant. Tous mes membres se mettent à trembler alors qu'il se penche vers moi et attrape mes cheveux pour me relever la tête.

— Il va falloir qu'on discute tous les deux, souffle Maxime alors que j'essaie de me défaire de sa poigne.

— On s'est déjà tout dit...

Il se met à rire avant de me lâcher pour me soulever par les aisselles et de me jeter sur le lit. Je tente aussitôt d'en sortir, sauf qu'il grimpe à califourchon sur moi, bloquant mes bras au-dessus de ma tête. Que me veut-il ? Je l'ai vu partir, c'était fini...

— Tout est de ta faute ! C'est toi qui as tout manigancé pour que ma vie ne soit plus qu'un champ de ruine, avoue ! crie-t-il hors de lui.

La seule chose pour laquelle j'ai comploté, c'est de détruire son couple, le reste, je n'y ai malheureusement pas pris part.

— Tu crois vraiment que j'ai autant de pouvoir ?

Ses traits se déforment sous la rage et le peu de courage qu'il me restait se fait la malle.

Maxime se penche jusqu'à frôler mes lèvres.

— Jared attendait le moindre coup de pouce et tu le lui as donné. Tu es l'élément qui a tout déclenché. Mon meilleur ami et mon ex, quel beau duo !

Que raconte-t-il ? J'ai du mal entendre, c'est impossible.

— Jared est ton ami ?

Il explose de rire devant ma surprise. C'est quoi cette histoire ? Je pensais qu'il le détestait ! De quoi Jared veut-il se venger si c'est son ami ? Je ne comprends plus rien !

— Le pire c'est que je suis sûr qu'il a compris dès qu'il a entendu ton prénom. Je lui ai tellement parlé de toi... Tout ce que tu as subi... Il a dû prendre pitié.

Malgré moi, une larme coule sur ma joue. Il était au courant pendant tout ce temps ! Jared savait tout de moi ! Mon cœur s'emballe, je n'arrive même pas à l'envisager. Je me suis confiée à lui alors qu'il connaissait déjà toute l'histoire !

Maxime a raison, il a juste eu pitié pour la pauvre fille que je suis. Je n'étais pas certaine de mes sentiments jusqu'à cet instant. Je suis amoureuse de Jared et la déception est telle que j'ai le cœur en miette.

— Dégage Maxime ! réussis-je à articuler malgré ma gorge serrée, qui retient mes sanglots.

Tous les hommes ne sont que des ordures, chacun à leur façon. L'un d'eux a piétiné mon corps, l'autre mon âme et le dernier, mon être tout entier.

— Oh non Ambre, je n'en ai pas fini avec toi. Je vais profiter que tu sois à ma disposition pour évacuer mon stress. J'en profite tant que mon badge n'est pas désactivé et qu'il n'y a personne pour te venir en aide. J'ai attendu que Jared sorte, je savais qu'il était en permission aujourd'hui...

Maxime se penche sur moi et me respire bruyamment avant de poser sa bouche dans mon cou. La nausée monte dans ma gorge, il ne va pas faire ça ? Je n'en ai pas envie. Lui et moi c'est terminé !

Je me débats et tente de le faire tomber, sauf que je suis trop faible comparé à lui. Il attrape ma mâchoire et relève ses yeux vers les miens. Il est déterminé, je le sens, je le vois. Mon corps se tétanise, je n'ai pas envie de souffrir.

— Il ne fallait pas t'en prendre à moi. Tu as détruit tout ce que j'ai construit et tu vas me le payer.

Impossible de bouger, tous mes membres sont engourdis et je ne peux qu'attendre mon sort. Mes larmes déferlent en silence alors que ses mains parcourent mon corps. J'aimerais penser à Jared, pouvoir m'évader, faire comme si c'était lui, mais c'est trop douloureux. Je lui en veux tellement. Pourquoi ne m'a-t-il rien dit ? Je lui faisais confiance...

Chapitre 8

Jared

Je sors de la pièce qui sert de petit entrepôt pour les premières nécessités et me dirige vers la voix qui m'appelle.

Je suis assez dégoûté d'avoir dû mettre fin à notre petit moment avec Ambre. Elle m'a excité comme un fou et je suis sûr que j'aurais vite été de nouveau apte à la satisfaire.

J'étais fou de rage après sa petite démonstration. Bien entendu qu'elle plaît aux hommes, c'est une certitude, mais la voir aussi proche d'un autre m'a sérieusement titillé. Ce connard s'est en plus permis de poser la main sur elle, il s'en est fallu de peu pour que je lui démonte la tête. Je ne supporte pas de voir quelqu'un la toucher, je ne me comprends pas moi-même. Qu'est-ce que ça peut me faire ? Et quand je ne serai plus là pour la surveiller, que se passera-t-il ? Elle fera simplement sa vie sans moi, et rien que d'y penser, une nervosité me gagne.

— Jared !

— Je suis là ! crié-je de la même façon qu'Elias.

Il se retourne une main sur le cœur.

— Mais ça ne va pas la tête ? Tu veux me faire mourir avant l'heure.

Je ricane, même si j'ai bien envie de le frapper pour avoir mis fin à un intermède coquin.

— C'est ton heure de sortie, je vais te donner tes vêtements... Et il faut qu'on discute..., lance-t-il incertain.

Je le suis jusqu'à mon casier et me change. Une fois en tenue classique, il me demande de m'asseoir avec lui.

— Qu'est-ce qui se passe ?

Il triture ses cheveux avant de me fixer.

— Je remplace Maxime en tant que directeur.

Je suis soulagé. Je ne comprends pas vraiment pourquoi il fait un tel cinéma pour cette simple nouvelle. C'est ce que j'espérais dans le fond. Elias mérite une telle place.

— Et il y a autre chose... Maxime nous a demandé de ne rien dire, sauf qu'il ne fait plus partie de l'équipe. Je sais que tu restes un patient, mais d'ici peu, tu vas sortir et je n'ai pas envie que tu gardes une attache ici qui ne soit pas telle que tu l'imagines.

Sa phrase mystérieuse me met mal à l'aise et ne m'aide en rien à comprendre ce qui le tracasse.

— Abrège Elias, je n'ai pas envie de jouer aux devinettes.

Il pose ses mains sur le banc de part et d'autre de ses jambes avant de se pencher un peu en avant.

— Ambre est malade. Les traumatismes qu'elle a subits, la drogue, tout ça a dû déclencher des choses en elle qui la rendent différente... En attendant, si tu dois avoir une relation avec elle, je préfère que tu sois au courant. Ambre est schizophrène.

J'écoute mon ami, mais c'est comme si mon esprit était parti ailleurs. Malgré ce qu'il me dit, je n'ai rien vu dans ses réactions qui m'indiquent qu'elle a cette pathologie. J'étais infirmier, je m'en serais rendu compte.

— Ce n'est pas possible, je l'aurais vu.

— C'est justement la raison pour laquelle je te le dis. Tu es mon ami et je n'ai pas envie que tu t'embarques dans une histoire qui serait trop lourde pour toi.

Je me lève, fais quelques pas avant de revenir vers lui.

— Il n'y a aucune histoire entre nous. Les choses sont claires.

Il souffle et baisse les yeux.

— Son traitement ne devait pas être adapté quand elle est arrivée au centre et elle a fait plusieurs crises. Tu l'aurais vu si tu avais vraiment regardé de plus près, si tes sentiments n'interféraient pas. Or depuis qu'elle a passé la porte de la salle commune, c'est comme si elle t'avait envoûté.

C'est ridicule et j'en ai assez entendu. Je n'ai plus envie de l'écouter se mêler de ma vie. Je fais ce que je veux, quand je veux et surtout, avec qui je le souhaite.

— Stop, j'ai ma permission, je veux sortir !

C'est bien la première fois que je n'appréhende pas de me retrouver dans la rue entouré d'inconnus. Au contraire, j'ai besoin d'air.

— OK, mais réfléchis-y, me lance-t-il alors que je suis déjà au bout du couloir.

Cette discussion aura au moins eu le don de refroidir nettement mes ardeurs. Un soignant ouvre la porte me permettant de rejoindre le hall et je me dépêche de parcourir les quelques mètres qui me séparent de l'extérieur.

Je prends une grande bouffée d'air lorsque je passe enfin les portes vitrées de cet hôpital. J'ai eu du mal à en sortir, mais à présent, je n'ai plus envie d'y retourner. C'est comme si j'étais entre deux mondes totalement différents, sauf que je commence à préférer ma liberté.

Je reste là quelques minutes avant d'enfin me décider à me mettre en route.

J'avance dans la rue, malgré tout sur mes gardes. Je ne suis pas totalement rassuré et ai encore du mal à me faire à l'idée que je suis libre de faire ce que bon me semble, mais je prends sur moi. Je dois y arriver, être capable de vivre normalement.

Je marche longuement, fermant mon esprit à tout ce qui essaie d'y entrer. Je dois ranger Ambre dans un coin de ma tête pour ne surtout pas qu'elle empiète sur ma journée. J'aurais le temps de penser à elle plus tard ou de simplement lui demander ce qu'il en est de sa maladie.

Je traverse une rue pour me retrouver devant un immeuble qui n'a pas changé. Il fait trois étages et la peinture est un peu décrépie. J'attrape la clé qui se trouve dans mon jean et comme un automatisme, j'ouvre la porte qui donne sur un couloir et un escalier.

Je monte jusqu'au troisième et ouvre une nouvelle porte. Je souffle longuement avant d'en pousser le battant, ne sachant pas trop à quoi m'attendre. La dernière fois que j'ai mis les pieds ici, c'était avant mon accident, avant que je sois interné. Je me souviens très bien l'état lamentable dans lequel je l'ai laissé et ai peur que ça fasse remonter trop de souvenirs douloureux.

Je reste là, statique, à fixer ce battant en bois qui est le dernier rempart entre ma vie actuelle et l'ancienne.

Un bruit venant de l'intérieur interrompt le fil de mes pensées et sans réfléchir, j'entre.

Mon cœur bat vite alors que je me statufie devant la personne qui me fait face. Que fait-elle ici ?

Je ne peux m'empêcher de regarder tout ce qui m'entoure, mais ça n'a plus rien de ressemblant avec le taudis que j'avais fait de mon appartement. Tout est propre et rangé. De nouveaux meubles ont remplacé ceux abîmés. Ce n'est plus chez moi. Quelque part je suis soulagé de ce changement, mais d'un autre côté, je ne me sens pas à ma place.

Charlotte me fait face, une main sur son ventre.

— Je… Je suis désolée, je n'avais nulle part où aller…

Je la fixe et ne peux pas lui en vouloir. Au contraire, elle en a fait son lieu de vie comme elle l'entendait et c'est très bien ainsi. Je ne compte pas revenir ici de façon permanente de toute manière. Je voulais juste me replonger un instant dans ce qu'a été ma vie, mon quotidien, mais tout ça, c'est terminé.

— Tu peux rester autant que tu le souhaites.

Elle respire à nouveau et me remercie silencieusement.

— Ça me fait plaisir de te voir en dehors du service, souffle-t-elle.

Je l'observe attentivement, ses yeux sont rouges et son teint très pâle. La tristesse l'entoure et je ne peux m'empêcher d'avancer de quelques pas pour la prendre dans mes bras. Je n'ai pas pu être là pour elle alors qu'elle souffrait, que son couple se désintégrait et je m'en veux un peu. Même si mes futurs projets ne l'incluent pas non plus. Elle devra se débrouiller seule pour les années à venir. Réaliser que je vais l'abandonner me tord l'estomac.

Elle n'hésite pas et passe ses bras autour de moi en collant son gros ventre contre le mien. Nous restons comme ça un long moment quand soudain, quelque chose bouge entre nous et je me recule précipitamment. Le sentir aussi fort est assez impressionnant.

Charlotte sourit en massant sa petite fille qui remue.

— Elle n'arrête pas depuis que je suis venue m'installer ici.

Je me suis tellement éloigné d'elle... Je m'en veux d'avoir laissé mon deuil et Maxime, mettre une barrière invisible entre nous. La perte de notre père aurait dû nous rapprocher, mais au contraire, j'ai décidé de tenir tout le monde à distance.

— Maman serait contente de te voir...

Je me renferme aussitôt. Ma mère ne m'a plus parlé depuis que je suis entré en centre psychiatrique. Elle a eu beaucoup de choses à gérer et je ne lui ai pas facilité la vie, j'en ai conscience. Mais un an et demi est passé sans qu'elle ne vienne me voir, alors je doute qu'elle soit heureuse de se trouver face à moi. De plus, j'ai honte. Elle a perdu son mari et au lieu de la soutenir, j'ai simplement fui.

Je n'ai pas envie de parler de ça pour le moment, de toute façon, je ne compte pas m'éterniser dans cette ville. J'ai trop de choses à voir, à découvrir.

— Tu as fait le ménage ? changé-je de sujet.

Elle baisse la tête avant de faire le tour de la pièce du regard.

— Il fallait que je m'occupe... Et puis, ça en avait grand besoin...

Elle a raison, je m'étais vraiment laissé aller. Peut-être que finalement la thérapie m'a fait du bien. Je prends conscience de l'état dans lequel je me trouvais, alors que jusqu'à présent, j'étais dans un déni total.

Je regarde ma montre et me rends compte que j'ai encore quelques heures à passer dehors, alors que je n'ai rien de prévu.

— Tu t'ennuies déjà avec moi ? souffle ma sœur en s'asseyant sur le canapé.

Au contraire, je suis content de la retrouver sans personne autour.

Je m'installe à côté d'elle, nous avons beaucoup de choses à nous dire et je n'ai pas envie de la laisser aussi triste que je l'aie trouvée.

Les heures défilent plus vite que je ne le pensais et il est déjà temps pour moi de rejoindre le centre.

J'embrasse ma sœur une dernière fois avant de descendre à l'arrêt de bus.

Même si je n'ai pas vraiment envie de la quitter, quelque chose au fond de moi est impatient de rentrer.

J'ai réussi à éviter de penser à Ambre jusqu'à ce que je m'installe dans le bus, c'est un exploit. Depuis qu'elle est entrée dans ma vie, il n'y a pas une journée où elle n'a pas envahi mon esprit.

Les paroles d'Elias passent et repassent. Je n'ai pas envie d'y croire, mais s'il avait raison… Ça changerait les choses. Non pas parce qu'elle est malade, mais parce que je ne sais pas si ce qu'elle m'a dit est vrai ou uniquement dans son esprit.

Je secoue la tête, je n'ai aucune certitude, mais pourquoi me dirait-il ça ? J'ai confiance en lui.

Un homme grand, bien bâti, s'installe juste devant moi et me détaille. Je me sens gêné. Je n'ai plus l'habitude de côtoyer du monde alors je préfère fuir son regard et me concentre sur la rue qui défile à travers la vitre.

Le trajet n'est pas très long et le bus finit par s'arrêter devant l'hôpital. Je passe devant l'homme qui me fait un signe de tête auquel je réponds par automatisme et politesse. Je me dépêche de sortir et de retrouver l'endroit qui m'héberge.

Le monde extérieur m'est encore peu familier et je me presse à passer la porte du centre pour rejoindre mon étage. C'est à peine croyable d'être devenu aussi craintif. Je ne suis pas timide et n'ai pas peur des autres, pourtant, c'est le sentiment que j'ai eu chaque fois que je me retrouvais au milieu de la foule.

Un soignant vient m'ouvrir et je retrouve ma tenue réglementaire. Malgré mon soulagement de retrouver mes habitudes, cet uniforme, je commence à ne plus le supporter.

J'avance dans le couloir jusqu'à la salle commune. Mon regard fouille l'endroit, cherchant une magnifique brune aux yeux verts, sauf qu'elle ne s'y trouve pas. Je lui dois un orgasme et compte bien le lui rendre le plus vite possible !

Je pars à sa recherche en me dirigeant vers le seul lieu où je pense la trouver.

Je toque à la porte de sa chambre avant d'entrer.

Mon cœur rate un battement. Que s'est-il passé ?

Ambre est assise au sol, contre le mur et se balance doucement. Ses cheveux sur le côté, me laissent voir son visage baigné de larmes ainsi que la bosse qui couvre son front.

Je me précipite sur elle, l'inquiétude prend le pas sur tout le reste.

— Ambre…, chuchoté-je, pour ne pas l'effrayer en m'agenouillant devant elle.

Elle ne répond pas et continue son mouvement sans me prêter attention. Je regarde la pièce essayant de trouver ce qui a bien pu lui arriver, mais tout a l'air en ordre.

— Ambre, je t'en supplie, dis quelque chose.

Elle penche la tête sur le côté, croisant mes yeux. Ce que j'y lis, me détruit. Je ne l'ai jamais vue aussi détachée, comme si ses sentiments avaient disparu.

— Il m'a…, souffle-t-elle tremblante.

J'écarquille les yeux ne comprenant rien. Comment serait-ce possible que quelqu'un lui ait fait quoi que ce soit ? Il lui aurait suffi de hurler. Les soignants passent régulièrement, ils l'auraient entendue.

Un doute s'insinue en moi, et si je m'étais vraiment voilé la face ?

— Qui ça Ambre ?

— Maxime…

Mes poils se hérissent rien qu'à entendre son prénom.

— Il est parti Ambre, il ne travaille plus ici.

— Il était là ! se met-elle à hurler.

J'ai du mal à la reconnaître, ou alors ce sont mes yeux qui ne la voient plus de la même manière. Et si elle avait des hallucinations ? C'est fréquent dans cette pathologie...

— Tu as prévenu quelqu'un ?

Elle secoue la tête en se mettant à gratter son poignet avec vigueur.

J'essaie de l'en empêcher, mais elle se dégage en me fusillant du regard.

— Tu ne me crois pas...

Je ne veux pas la brusquer. Si elle est en crise, je dois aller dans son sens. Mais il lui faut des médicaments. Je dois prévenir un infirmier.

— Tu ne devrais pas rester cloîtrée ici, il faut en parler.

Je tente de prendre sa main dans la mienne lorsqu'elle crache :

— Tu ne vaux pas mieux que ton meilleur ami...

Sa phrase se répercute en moi. Comment peut-elle savoir ça si ce sont des hallucinations ? C'est impossible... Quelqu'un aurait-il vendu la mèche ? Ou alors ne suis-je pas en train de suivre une mauvaise voie ? J'ai de plus en plus de doutes sur Elias. Et s'il m'avait menti pour une raison qui me dépasse ?

Je ne sais plus quoi penser et reste muet devant Ambre qui me fixe sans aucune émotion. Trop de choses se bousculent dans ma tête, je suis perdu et n'ai plus aucune idée de comment agir.

— Ambre...

— Dégage Jared. Dégage, crie-t-elle alors que la porte s'ouvre à la volée.

Rebeca détaille la scène en croisant les bras sur son torse.

— Qu'est-ce qu'il se passe ?

Je me relève et sans aucune explication, je quitte la chambre. Laisser Ambre dans cet état m'est insupportable et surtout, je me rends compte à quel point elle est importante pour moi. J'ai essayé de ne pas m'attacher, de garder une distance, mais j'ai de plus en plus de mal.

Je ne sais pas ce que Maxime lui a dit exactement, mais assez pour qu'elle me déteste. Je sais que je mérite en partie sa colère, même si je n'ai jamais profité des informations en ma possession pour arriver à mes fins.

Je traverse le couloir jusqu'au bureau qui est à présent celui d'Elias.

Je dois comprendre ce qu'il se passe une bonne fois pour toutes. D'ici une semaine, je devrais être libre et je ne peux pas la laisser aussi affaiblie. Malgré tout ce que j'essaie de me convaincre, je crois bien que mes sentiments ont dépassé un stade et que la rupture va être bien plus compliquée que prévu.

Chapitre 9

Ambre

Je veux que ça cesse, j'ai besoin que tout s'arrête. Mes larmes coulent alors que je suis prostrée contre le mur. Maxime est parti, je suis seule, mais détruite, encore un peu plus que je ne l'étais. Je commençais à reprendre confiance, à me dire que peut-être, j'avais un espoir de retrouver une vie à peu près stable. Sauf que tout est parti en poussières lorsque Maxime m'a poussée sur ce lit. La haine dans ses yeux, la brutalité de ses gestes… Je le connaissais, l'aimais, comment a-t-il pu devenir mon pire cauchemar ?

Plus aucun homme ne mérite que je lui donne une partie de mon cœur. Tous sans exception s'amusent avec moi jusqu'à en emporter une partie qui ne reviendra jamais.

Je croyais avoir trouvé celui qui pourrait me réparer, redonner un sens à ma vie, m'aider à affronter mes démons, sauf que je me suis terriblement trompée. Jared n'a cessé de jouer un rôle avec moi. Celui pour lequel je commençais à éprouver des sentiments n'était en réalité qu'un comédien. Je me suis confiée à lui, je lui ai dévoilé des choses qui me font souffrir quotidiennement, alors qu'il le savait déjà. Il a fait semblant de s'intéresser à ma personne, mais dans quel but ? Coucher avec moi… Il aurait pu le faire avec une autre.

Quelqu'un toque soudain à la porte et tout autour de moi se voile. C'est comme si mon esprit partait ailleurs, comme si la réalité m'échappait. Je ne peux plus supporter la présence d'autrui, j'ai besoin d'être seule.

Malgré moi mon cœur se réveille, mais je le calme aussitôt. Je n'ai pas besoin de lever les yeux pour savoir qui entre dans la pièce et j'ai beau me refréner, sa présence me rassure. Je sais que je ne le devrais pas, au final, nous ne connaissons jamais vraiment les gens, ils peuvent toujours se retourner contre nous.

J'entends des paroles, sans vraiment en saisir le sens, je dois garder une distance avec le monde réel, je ne peux pas revenir dans cette chambre, bloquée sous ce corps que je connais par cœur et qui me fait mal. Je n'aurais jamais pu imaginer que le contact de Maxime me répugne à ce point, au contraire, c'est tout ce que j'ai voulu pendant ces années séparées de lui. Après tout, je ne peux en vouloir qu'à moi-même. Si je n'avais pas demandé à rejoindre ce centre, tout se serait passé différemment. Tout est de ma faute en définitive.

La voix de Jared perce ma bulle et l'inquiétude qui se peint sur son visage, me retourne les entrailles, ça me fait réaliser que ce n'était pas un cauchemar. Je me trouvais dans ce lit avec cet homme. Des flashs se répercutent dans ma tête. La bouche de Maxime, ses mains qui parcourent mon corps... Jusqu'à arriver à mon intimité. Ses doigts qui se faufilent malgré toutes mes tentatives pour lui échapper.

— Il m'a..., soufflé-je, ne pouvant y croire.

Je ne peux pas l'admettre, et pourtant...
Sauf que Jared n'a pas l'air de comprendre. Il
fronce les sourcils en détaillant mon corps.
J'aimerais arracher cette peau qui me démange, et
que je ne supporte plus.

— Qui ça Ambre ?

— Maxime.

Rien que prononcer son prénom me donne
la nausée. Sa bouche qui descend le long de mon
corps alors que je le repousse de toutes mes
forces. La gifle qui cingle ma joue pour me calmer
alors qu'il commence à retirer mes vêtements...

Je tente de reprendre ma respiration, sauf
qu'en croisant le regard de Jared, je vois qu'il ne
me croit pas. Lui ai-je déjà menti ? Je ne mérite pas
ça. C'est déjà difficile pour moi d'en parler, alors si
en plus, on me prend pour une menteuse, je ne le
tolérerais pas. D'autant que celui qui se permet
d'émettre ses doutes, n'est autre que l'homme qui
me manipule depuis des semaines.

— Tu ne vaux pas mieux que ton meilleur
ami...

Ce petit rappel a le don de le faire taire. Il en
a terminé de jouer avec moi, je ne vais plus le
laisser faire. Il ne mérite plus rien de moi ! Et
lorsqu'il tente de me raisonner, comme si j'en avais
besoin, j'explose et lui hurle de s'en aller. Je ne
veux plus le voir devant moi. Je n'ai plus aucune
envie de faire des efforts. Lui et moi, c'est fini. Je ne
sais pas vraiment ce que nous étions, mais ce qui
est certain, c'est que je ne le laisserai plus
approcher !

La porte s'ouvre en grand, laissant entrer Rebeca. J'aimerais lui dire de déguerpir aussi vite, sauf que mes forces me quittent lorsque Jared quitte la pièce en trombe.

L'air me manque, c'est comme si ma gorge était bloquée alors que mon corps me fait souffrir de toute part. Je me recroqueville et essaie de trouver de l'air comme je le peux. Rebeca sort de la chambre, me laissant seule à mon sort. Je vais crever ici et maintenant en m'étouffant. Une nausée me prend soudain et je vomis devant moi, totalement épuisée.

La soignante revient en ne faisant pas cas de mon état et me force à respirer dans un petit sac. J'ai beaucoup de mal à calmer les battements frénétiques de mon cœur, mais les minutes passent et ma respiration commence à revenir.

— Ambre, tout va bien, ne t'inquiète pas. Respire doucement, tu vas voir, ça va aller, n'arrête pas de me souffler Rebeca.

Malgré tout ce qu'elle m'inspire, je lui suis reconnaissante de ce qu'elle fait pour moi.

Je reprends petit à petit le contrôle de mon corps, même si mon esprit reste focalisé sur ce qu'il s'est passé plus tôt.

— Tu peux te lever ?

Je hoche la tête et prends appui sur le mur. Mes jambes sont flageolantes, mais elle m'attrape sous les bras, me maintenant droite le temps que je me stabilise.

— Je t'emmène jusqu'à la douche, d'accord ?

J'acquiesce faiblement. J'ai besoin de l'eau sur mon corps qui effacera toutes ces souillures.

Je me laisse entraîner jusqu'à la salle de bain puis me détache de ses bras pour enlever mes vêtements qu'il m'a obligé à remettre.

Mon tee-shirt tombe au sol et mon pantalon le suit de près sauf qu'en relevant la tête, Rebeca ouvre de grands yeux horrifiés.

— Qu'est-ce qu'il s'est passé Ambre ? C'est Jared qui t'a fait ça ?

Je ne comprends pas de quoi elle parle jusqu'à ce que je détaille mon corps et découvre des traces de doigts sur ma taille et mes hanches. C'est trop réel, j'ai juste le temps de me retenir au lavabo avant de m'effondrer.

Heureusement que Rebeca est à l'affût et me maintient droite.

— Il faut que tu voies un médecin. Est-ce qu'il…qu'il t'a fait du mal ailleurs ?

Ma tête tourne, mais je réalise ce qu'elle est en train d'insinuer. Pour la douleur qu'il provoque en moi, j'aimerais lui faire porter tout ça, mais ce n'est pas juste et je ne peux m'y résoudre.

— Ce n'est pas Jared…

Elle cligne plusieurs fois des yeux et me fixe à travers le miroir.

J'en ai marre de me justifier, de dévoiler ce qu'il s'est passé, mais pourquoi Maxime resterait libre alors que moi, je suis enfermée ici ?

Je ne suis même pas sûre qu'elle me croie. Après tout, Jared a douté, alors qu'il était la personne en laquelle j'avais le plus confiance ici.

— Un autre patient est venu dans ta chambre ?

Je secoue la tête, elle est loin du compte…

— Non, c'est Maxime.

Elle détourne son visage, m'empêchant de lire ses émotions.

— Tu ne dois pas te laver maintenant. Je vais t'aider à rejoindre ton lit et tu vas m'attendre.

Je n'ai plus de force et ai du mal à tenir debout, donc je la suis sans discuter.

Une fois assise, elle me donne mes vêtements et me dit de les remettre le temps qu'elle revienne.

La porte se referme sur elle et je suis perdue. Je ne me sens pas à ma place, inutile dans ce monde. Que va-t-on me faire ? Suis-je vraiment prête à dénoncer Maxime ? Le souvenir de mon amour pour lui est trop présent et malgré ces derniers gestes, je ne peux pas les renier. Un sanglot brise le silence, je ne peux plus me retenir. Je sais que ça ne me soulagera pas, mais c'est plus fort que moi. J'ai envie de hurler, de détruire tout ce qui m'entoure, sauf que mes membres sont engourdis.

Trois petits coups à la porte, me font sursauter. J'ai envie de me cacher sous mes couvertures, mais me retiens. S'il doit encore m'arriver quelque chose, je ne pourrais rien faire pour l'arrêter…

— Ambre…, me souffle Rebeca que je n'avais même pas entendu approcher.

Elle s'accroupit devant moi, me rappelant Jared quelques instants plus tôt. Mes pleurs redoublent d'intensité en me souvenant du désastre qu'est devenue ma vie. Et encore, je suis prisonnière du centre, qu'en serait-il si je me trouvais dehors, entourée de milliers de personnes ? Je n'ose même pas l'imaginer.

— Ambre, voici le docteur Ledman. Acceptes-tu qu'il t'examine ? Je peux rester avec toi si tu le souhaites…

Mes membres se mettent à trembler, mais je dois en passer par là, alors je souffle un « oui » à peine sonore.

Rebeca se poste dans un coin de la chambre alors que le médecin détaille les marques qui strient mon corps. Je suis toujours nue, n'ayant pas eu la force de remettre mes vêtements. Le médecin ne fait aucune remarque et commence à noter chaque bleu qui parsème ma peau laiteuse sur une feuille.

C'est difficile, mais supportable jusqu'à ce qu'il me demande de lui expliquer en détail ce qu'il s'est passé. Je panique complètement et cherche le soutien de Rebeca. Nous sommes loin d'être amies et pourtant, à cet instant, elle est présente et m'envoie tout le courage dont j'ai besoin.

Je lui explique tout, en essayant de ne rien oublier jusqu'à la partie qui me fait le plus souffrir.

— Il… Il a poussé ma culotte avant d'ouvrir sa braguette. Je lui ai dit que je ne voulais pas, que tout était terminé entre nous, mais il n'était plus lui-même. Il n'a rien voulu savoir, a attrapé mes poignets dans une main et a dirigé son sexe vers le mien. La douleur, je me souviens de son membre qui me pénètre...

Je suffoque en y repensant et ne peux plus continuer. La brûlure de ce geste est comme ancrée en moi. Ses mouvements brutaux me déchiraient de l'intérieur.

— Ambre, respire, m'enjoint Rebeca qui se trouve à mes pieds.

— Je vais devoir prendre des prélèvements pour faire une comparaison d'ADN, en espérant qu'il ne se soit pas protégé.

En espérant... Je n'arrive pas à m'en souvenir, mais savoir que son sperme peut être en train de se rependre en moi est insupportable.

— Il le faut Ambre, il doit payer pour ses fautes.

Je fixe mes yeux dans ceux de celle qui est toujours près de moi et finis par acquiescer. J'avale ma salive et tente de respirer calmement.

Je m'allonge sur le lit alors que le médecin tire un tube de sa petite valise. Je tourne la tête pour ne pas voir ce qui se passe, c'est mieux ainsi.

Les minutes me paraissent interminables jusqu'à ce qu'il m'indique qu'il en a terminé.

Je n'attends pas une seconde de plus pour rejoindre la salle de bain.

Je me dépêche d'ouvrir l'eau, j'ai besoin que mes souillures disparaissent le plus vite possible. J'attrape le savon et me mets à me frictionner comme j'en ai l'habitude, sauf qu'aujourd'hui, j'insiste longuement sur mes parties intimes. Je frotte, je dois faire disparaître toutes traces de lui. Je l'ai pourtant tellement désiré... Comment la situation a-t-elle pu m'échapper de la sorte ?

Une fois mes chairs à vif, je me laisse glisser contre le carrelage et me recroqueville dans un coin.

Je ne veux plus vivre, je veux partir. C'était déjà le cas, mais encore plus aujourd'hui. Rien ni personne ne me retient, alors quel intérêt ? Je relève la tête pour chercher quelque chose qui pourrait me servir, mais ne trouve rien qui soit adapté. Je pourrais essayer de décrocher le miroir... Sauf que ça me paraît difficile, je n'ai plus aucune force.

Après un long moment, je me relève péniblement pour éteindre l'eau et attrape une serviette pour m'envelopper. Je rejoins la chambre et suis surprise de voir Rebeca assise sur mon lit. Elle lève la tête dès que je fais un pas dans la pièce.

— Je t'ai apporté une nouvelle tenue... Si tu as besoin de quoi que ce soit, n'hésite pas à me le dire.

Elle a l'air mal à l'aise. Il est vrai que c'est assez étrange de la voir à mes petits soins alors que depuis le départ, j'ai l'impression de la déranger.

— Je suis désolée Ambre. (Je relève vivement la tête afin de croiser son regard.) J'ai fait une erreur dans mon comportement avec toi et je le regrette. Jamais je n'aurais pensé qu'il soit capable de telle chose.

Elle souffre, elle devait être proche de lui... J'attrape l'uniforme et l'enfile. Je suis exténuée et ai besoin de repos. Je ne suis pas certaine de trouver le sommeil, mais mon corps me hurle de m'effondrer sur le lit et d'y rester.

— Je vais te laisser. Est-ce que tu veux que je ferme ta porte pour que personne ne vienne te déranger ?

Je secoue la tête. Si je me retrouve prisonnière de ce petit espace, je vais perdre la tête. J'ai besoin de savoir que j'ai une échappatoire.

— Je te laisse te reposer, s'il y a quoi que ce soit, je suis en salle commune.

Elle n'attend pas de réponse de ma part avant de rejoindre le couloir.

Rebeca referme doucement la porte et malgré moi, mes membres se mettent à trembler. J'essaie de prendre de longues inspirations qui ne font pas grand effets. Je me sentais en sécurité dans cet endroit, à l'abri de fous comme mon ex, mais je me leurrais. Les monstres sont partout et se cachent sous des visages angéliques. Je ne peux plus me fier à personne...

Je m'oblige à fermer les yeux et tente de faire le vide, il faut que je m'en sorte, je n'ai pas d'autres choix. À l'intérieur de l'établissement, je suis trop surveillée pour faire quoi que ce soit. Ma dernière tentative fut un échec cuisant, alors je vais devoir tout faire pour sortir, pour être libre. Ensuite, je me débrouillerais pour me volatiliser sans plus personne sur le dos, je serais libre de mes actions.

Soudain un bruit me tétanise. La porte s'ouvre avant que des pas viennent jusqu'à moi. Je garde les yeux résolument fermés espérant que ça suffise à faire penser que je dors. Je n'ai pas envie de les ouvrir de peur de voir des pupilles vertes, semblables aux miennes qui me fixent. Rien que d'y penser, mon sang se glace.

Je retiens ma respiration jusqu'à ce qu'un doigt soulève une mèche de mes cheveux pour l'enlever de mon visage. Ce toucher, cette électricité qui me parcourt, je la connais et la désire. Je retiens mes larmes autant que possible. Il m'a fait souffrir comme tous les autres, il ne devrait pas être ici.

— Je m'en veux tellement de ne pas avoir été là..., chuchote-t-il. Je suis un abruti, je le sais. J'aurais dû te parler, mais j'ai été égoïste. Je suis désolé.

Le froissement de ses vêtements brise le silence alors que ses lèvres se posent sur mon front.

Il ne peut pas me faire ça, me dire tout ça et faire comme si tout était arrangé. Il se recule alors qu'une larme traverse mes paupières closes. Malgré tout ce qu'il a fait, mon cœur vibre pour lui. Je ne le supporte plus et pourtant, je l'aime. J'aime Jared, mais rien n'est possible entre nous. Je suis encore plus brisée que je ne l'étais, il ne mérite pas d'avoir ce fardeau sur les épaules. Je veux qu'il soit heureux et suis sûre de ne pas pouvoir lui apporter ce bonheur. Je suis trop détruite pour que l'on puisse me sauver...

Chapitre 10

Jared

Je remonte le couloir, telle une furie. Je ne peux m'enlever de la tête, l'image d'Ambre assise au sol, dévastée. Je n'étais pas là pour elle, j'ai laissé Maxime en profiter et lui faire je ne sais quoi. C'est insupportable. J'ai beau tout tenter pour la garder à distance, cette fois, je ne peux plus.

Rebeca est une garce, mais je n'ai pas d'autres choix que de les laisser. Voir Ambre dans cet état m'est intolérable et je suis prêt à tout détruire autour de moi. Sauf qu'elle a besoin de calme et de repos, ce que je suis incapable de lui donner à l'heure actuelle.

Je ne prends pas la peine de frapper avant d'entrer en trombe dans le bureau d'Elias.

Ce dernier relève la tête avant de la rabaisser vers son ordinateur. Il pianote sur son clavier sans me prêter attention.

— Maxime est entré ici !

Il relève les yeux instantanément, il n'a pas l'air surpris. La rage bouillonne en moi. S'il l'a laissé faire, je le démolis, ami ou pas.

— Je viens de voir que son badge avait été actionné, oui.

Je me lève et fais quelques pas dans ce petit espace. Ma respiration s'emballe, elle n'a pas menti ! Il était là et lui a fait du mal. Je suis à la fois soulagé et désemparé. Elias aurait dû faire en sorte que ça n'arrive pas ! Dans un élan de fureur incontrôlé, mon poing va percuter sa pommette. J'ai besoin de trouver un coupable, autre que moi pour enlever un peu de ma culpabilité. Sauf que je ne suis pas concentré et ne vois pas venir son coup de genou. Je me plie sous la douleur, avant de reculer précipitamment.

Elias réussit à attraper mes bras. Malgré la force que je mets pour me dégager, rien n'y fait. Il est adepte des arts martiaux et peut s'entraîner chaque jour, contrairement à moi qui suis cloîtré ici.

— Qu'est-ce qui t'arrive bordel ? me crie-t-il.

Je souffle, je n'ai pas envie de le prononcer à voix haute, mais il le saura bien assez tôt...

Des pas précipités dans le couloir, le font me relâcher alors que tout à coup, la porte s'ouvre.

Rebeca lève les yeux vers nous et nous détaille avant de fermer les yeux et de balancer :

— Ambre a subi des violences. (Son regard hésitant se pose sur moi.) Elle dit que c'est Maxime... Il faut appeler un médecin qui puisse lui faire des prélèvements...

Elias attrape aussitôt son téléphone alors que Rebeca ressort en vitesse. Tout est précipité, tel que je ne me sens pas très bien. Savoir Ambre seule avec Rebeca qu'elle ne porte pas dans son cœur, dans une telle situation, me dégoûte de moi-même. Je devrais la soutenir, être un pilier sur lequel elle peut se reposer, alors que je ne suis qu'un fantôme qui la possède quand j'en ai envie. Je dois arrêter tout ça. Elle mérite un homme qui la fasse passer avant tout, et je ne suis pas celui-ci. Je ne dois plus lui donner de faux espoirs. Mon avenir est gravé, et il n'inclut personne d'autre que moi.

Elias repose le combiné en me détaillant.

— Ça va ? Tu es pâle.

Je secoue la tête, avant de sortir d'ici, je dois tout de même lui demander quelque chose.

— Il faut qu'on parle. Tu m'as balancé toutes ces choses sur Ambre sans aucune preuve. J'y ai réfléchi, vraiment, et je ne vois toujours aucun symptôme d'une schizophrénie.

Elias souffle en se rasseyant au fond de son fauteuil.

— Tu crois vraiment que c'est le moment pour parler de ça ?

— Oui, je ne peux rien faire pour l'aider et le médecin va l'ausculter. Je suis inutile à ses côtés…

Il lève les yeux au ciel, comme si j'avais dit la plus grosse bêtise du monde.

— On a déjà eu cette discussion Jared. Je suis tenu au secret. Je t'ai déjà donné beaucoup trop d'informations. Je pourrais avoir des problèmes, ne m'en demande pas plus, je ne peux rien te dire.

— Alors pourquoi m'en as-tu parlé ? m'énervé-je.

Il aurait mieux fait de tenir sa langue, parce que maintenant, ça tourne en boucle dans mon cerveau. Je décortique chaque moment passé ensemble pour chercher un indice, un détail qui m'aurait échappé...

— Ça ne sort pas de cette pièce Jared. Je risque ma place pour te prouver mon amitié. (J'en ai conscience et lui en suis reconnaissant.) L'homme qu'elle a tué... Ce n'était qu'un dealer banal qui se prénommait Liam. La police a découvert qu'il lui faisait revendre de la drogue.

— C'était son ex ! dis-je l'air sûr de moi.

Elias attrape un stylo qu'il fait tourner entre ses doigts.

— Et bien... Non. Ambre en était persuadée, elle jurait que c'était l'homme qui lui avait fait subir les pires sévices, alors que ce n'était pas lui. L'ex d'Ambre est fiché dans les dossiers de la police, c'est donc une certitude.

Je baisse le regard, elle en était tellement persuadée...

— Une expertise psychologique a montré qu'elle était vraiment désorientée et que les barrières qu'elle avait construites pour se protéger étaient bien plus épaisses que la normale. Au moment de son crime, elle a fait un transfert, ce n'était qu'une bouffée délirante aiguë... Elle a pris ce Liam pour une autre personne. Certainement, parce qu'il lui a fait peur, les rapports signalent qu'il a voulu abuser d'elle... C'est un schéma qui se répète et qui ressemblait étrangement à ce qu'elle a vécu auparavant.

Je reste stoïque, attendant qu'il explose de rire et me dise que c'est une blague. Je ne sais que dire. Mais il a dit qu'elle a fait des crises ici ! J'aurais dû m'en apercevoir. Après tout, ce qu'il me raconte reste une crise isolée, pour qu'elle soit réellement diagnostiquée, il en faut plusieurs...

Est-il en train de me mentir pour m'éloigner d'elle ? Ou, est-ce une vérité que je me suis cachée à moi-même ?

— Tu devrais aller la voir. Je ne sais pas ce qu'elle a de spécial, mais ne bousille pas tout. Elle est malade, sauf que tu es bien placé pour gérer ce genre de chose. Tu es un infirmier, ne l'oublies pas.

Un incompétent qui n'a rien vu surtout !

Je rejoins la porte et me dépêche de sortir de ce bureau. Je voulais des réponses, sauf que je me retrouve dans une brume encore plus épaisse.

Je file dans ma chambre. J'ai besoin de calme, car mon cerveau est en ébullition.

Je m'allonge sur mon lit, me forçant à ne pas parcourir les quelques mètres qui me séparent d'elle. Elle a besoin de soutien, qu'on s'occupe d'elle, et je sais que je ne suis pas la bonne personne pour ça. J'ai ma part d'ombre et ai déjà du mal à me gérer moi-même. Elias a l'air de penser que je pourrais veiller sur elle, mais il se trompe.

Je passe une main sur mon visage pour essayer d'effacer de ma mémoire son corps si frêle recroquevillé sur lui-même, son visage ravagé... J'ai douté d'elle, comment ai-je pu penser qu'elle me mentait ?

Je ferme les yeux et respire longuement, tentant de faire le vide. Sauf que des détails me percutent, comme des flashs.

Ambre allongée au sol, inconsciente, un morceau de verre dans la main. Elle était persuadée que c'était des ciseaux... Non, c'est impossible ! Quelqu'un a forcément dû en profiter pour échanger l'objet. Et cette pilule, apparue miraculeusement dans sa salle de bain... Je ne comprends toujours pas qui a pu s'en prendre à elle, mais elle n'a pas pu inventer tout ça !

Finalement, je ne supporte plus le silence qui m'entoure. Je me lève et fais quelques pas dans la chambre avant d'en sortir. J'ai besoin d'air.

À peine ouvré-je la porte que mon regard se porte automatiquement sur celle d'Ambre. J'avance instinctivement vers cette dernière et garde longuement ma main sur la poignée, pesant le pour et le contre, mais je cède à mes pulsions. J'ai besoin de la voir !

Je pousse doucement le battant et la découvre allongée sur son lit. Je la détaille quelques secondes avant de m'agenouiller au sol, à ses côtés.

Mes doigts ne m'obéissent pas et viennent enlever une de ses mèches de cheveux qui lui tombe sur le visage. Son corps se tend sous mon geste et je comprends aussitôt qu'elle est réveillée. J'aimerais que mon contact la rassure, mais ne peux lui en vouloir du contraire. Ce qui lui est arrivé est horrible et n'aurait jamais dû arriver dans un établissement aussi sécurisé. Elle est censée être à l'abri du danger...

— Je m'en veux tellement de ne pas avoir été là... Je suis un abruti, je le sais. J'aurais dû te parler, mais j'ai été égoïste. Je suis désolé, lui chuchoté-je avant de me relever et de l'embrasser sur le front.

Quelque chose me retient. Je devrais sortir de la pièce, la laisser tranquille, mais je n'y arrive pas. C'est comme si elle était un aimant, dont je ne peux me séparer.

Je me poste contre la porte et attends. Je ne suis pas sûr qu'elle veuille de moi ici, mais rien que l'idée de la laisser seule me tord l'estomac.

Mon regard se porte à nouveau sur elle lorsqu'elle se tourne et pose ses yeux grands ouverts sur moi. Ils me transpercent, me sondent, sauf que je suis perdu. Je ne sais pas comment me comporter avec elle après ce qu'il s'est passé. Elle m'en veut de ne pas lui avoir tout dit dès le départ, c'est certain, mais je ne le pouvais pas. J'étais bien trop préoccupé par ma petite personne pour penser aux autres.

Ambre est un peu celle qui m'a remis sur le droit chemin. Je ne voyais que ma vengeance au bout du tunnel, alors qu'il y a tellement plus... J'avais promis à mon père de réaliser mon rêve, sauf qu'il était passé au second plan. Je me suis laissé déborder par ma haine, jusqu'à ne vivre que pour ça et sans elle pour bousculer mes habitudes, j'en serais certainement toujours au même point.

— Pourquoi moi ? souffle-t-elle d'une voix rauque. Pourquoi ça recommence sans cesse ?

Je ne supporte plus la distance qui nous sépare et retourne auprès d'elle. J'aimerais enlever cette douleur qui se peint sur ses traits, mais je ne sais pas comment faire. Je ne peux rien effacer malheureusement, mais je ferai tout mon possible pour la soutenir, au moins le temps qu'il me reste ici.

Je n'ose pas la toucher même si j'en meurs d'envie. Je ne veux pas qu'elle se braque.

— Tu savais tout...

Je baisse la tête, il est temps d'assumer mes erreurs.

— Pas tout, non. Maxime m'a dit ce qu'il avait envie de divulguer. Je n'avais connaissance que de ton passé avec ton ex-petit ami. Le reste, c'est toi qui me l'as appris.

Elle se recroqueville un peu plus.

— Je suis désolé Ambre. Je ne peux pas revenir en arrière.

Je m'assieds contre le lit, lui tournant le dos. La voir aussi mal est trop difficile. Je dois me forcer à ne pas la prendre contre moi pour tenter de diminuer sa peine.

Alors que les minutes passent sans que ni elle ni moi n'émettions aucune parole, ses doigts viennent caresser mes cheveux. Ses doigts tremblent légèrement alors qu'elle les passe sur mon crâne. Son contact m'électrise. Je prends une profonde inspiration pour ne pas me jeter sur elle. Comment se fait-il que j'aie autant de mal à lui résister ? D'ordinaire, j'arrive toujours à garder une limite avec les femmes. Je mets à chaque fois une barrière invisible et barricade mes sentiments. Sauf qu'avec Ambre, tout est différent. Depuis le départ, elle change mes habitudes, les faits exploser pour se frayer un chemin jusqu'au plus profond de mon être. Elle a réussi à envahir mon esprit et surtout mon cœur qui doit rester fermé aux autres, que je ne peux pas me permettre de dévoiler à quiconque. Elle a un trop grand pouvoir sur moi. Elias avait raison, je me voile la face parce que ce que je ressens pour elle est bien plus fort que je ne veux me l'avouer.

Je tourne légèrement la tête pour pouvoir la regarder, sauf qu'elle en profite pour s'avancer vers moi et poser ses magnifiques lèvres roses sur les miennes. C'est furtif, à peine perceptible et pourtant, c'est comme si ce geste scellait quelque chose entre nous.

Ses yeux verts fixent les miens, et elle n'a pas besoin de parler pour que je comprenne. Elle s'expose entièrement, sauf que je ne pense pas en être capable en retour. Si je me dévoile, aucun retour en arrière ne sera possible, suis-je prêt à ça ? À mettre de côté mes projets pour essayer de vivre quelque chose avec elle ?

J'ai promis à mon père de visiter chaque pays de cette planète, si je ne le fais pas, je le trahirais… Est-ce qu'Ambre m'attendra ? Veux-je seulement qu'elle le fasse ?

— Je te laisse te reposer…, soufflé-je.

Je suis lâche, mais je dois prendre du recul.

— Ne me laisse pas… Je t'en supplie.

Je me relève tout de même, elle ne peut pas avoir ce pouvoir sur moi. Je ne suis pas la bonne personne. Elle mérite mieux, un homme qui soit au petit soin pour elle, qui n'ait pas un esprit torturé comme le mien.

Je fais quelques pas, alors qu'elle se tourne dans son lit, me cachant son visage. Ses sanglots me percutent si vivement que je dois me retenir au mur pour ne pas flancher.

Sur un coup de tête, je reviens vers elle et m'allonge contre son dos. Elle est si petite dans ce lit, je ne sais pas comment je vais m'en sortir, mais une chose est sûre, je ne peux plus l'abandonner sans être certain qu'elle aura le bel avenir qu'elle mérite.

Je passe mon bras autour de sa taille et la tire contre moi. Elle se laisse faire et pleure longuement jusqu'à ce que le silence se fasse à nouveau. Son souffle devient régulier et j'en profite pour me laisser sombrer dans le sommeil à mon tour. Son odeur m'enveloppe, c'est le seul endroit où je souhaite me trouver à cet instant, auprès de la femme que j'aime.

Chapitre 11

Ambre

Lorsque je me réveille, un corps chaud est collé à mon dos. Je suis à l'étroit dans mon petit lit, pourtant je me sens bien, en sécurité.

J'aurais aimé pouvoir oublier ce qu'il s'est passé hier, que Maxime ne soit jamais entré ici, mais les souvenirs sont bien présents. Rien ne peut effacer sa peau contre la mienne, son souffle dans mon cou et ses gémissements quand il a joui. Tout est gravé au fer rouge dans ma mémoire.

Comme s'il attendait que j'ouvre les yeux, Jared bouge et sa main vient doucement caresser mon bras. Je sais que c'est lui sans même le voir, il est le seul dont je supporte le contact à présent.

— Comment te sens-tu Ambre ? chuchote-t-il.

Mal, mais j'en ai marre de ruminer tout ça, je veux juste passer à autre chose. Maxime a essayé de me briser, mais je suis plus forte que ça, il faut que je le sois, je n'ai pas d'autres choix. J'ai passé trop d'années à courir après lui, après ce monstre qu'il est devenu. Je l'ai trop idéalisé, je commence à m'en rendre compte. Ce n'était qu'un fantasme. Il est loin d'être le prince charmant auquel j'aurais donné ma vie, loin de là.

Je me retourne entre ses bras et tombe sur ses yeux clairs qui me fixent intensément. Il a l'air fatigué et sans y penser, ma main vient frotter sa joue. Avec Jared tout est différent. Je devrais être dégoûtée d'être dans les bras d'un homme, pourtant lui je le désire. C'est inexplicable, totalement fou, mais bien réel. La tendresse dans son regard me fait chavirer.

— Je vais devoir partir, je ne voulais pas te laisser seule, mais je me suis assez imposé.

Je n'ai aucune envie de le voir quitter cette chambre. Sa présence est la seule qui me rassure. Je sais qu'avec lui, je ne crains rien.

J'ai essayé de garder ma rancœur à son encontre, mais j'en suis incapable. Je ne pensais pas pouvoir éprouver à nouveau des sentiments pour un homme, de lui donner ma confiance et pourtant, il a débarqué dans ma vie. Je suis venue pour Maxime et me retrouve amoureuse d'un autre.

La main de Jared se resserre sur ma hanche, me ramenant à l'instant présent.

— Je te laisse te préparer et t'attendrai devant ta porte.

Mon cœur s'emballe, me retrouver seule dans la chambre me rappelle trop de mauvaises choses. Un frisson parcourt tout mon corps et je me rapproche de Jared jusqu'à coller mon nez dans son cou.

Ses doigts viennent se faufiler dans mes cheveux alors que sa chaleur me réchauffe un peu.

— Parle-moi Ambre…

— Je ne veux pas que tu t'en ailles. Si tu n'es pas là, il peut revenir.

Il dépose un baiser sur mon front avant de relever mon menton pour que mes yeux se retrouvent au niveau des siens.

— Plus jamais il ne posera un doigt sur toi.

J'aimerais en être aussi certaine que lui, mais il ne peut pas me promettre une telle chose. Il en est convaincu, je le vois, j'aimerais tellement pouvoir m'apaiser de ce côté-là. Me dire que cette fois, c'est bel et bien terminé, sauf que Maxime est libre.

J'inspire une grande bouffée d'air avant de me reculer légèrement. Si je reste serrée contre lui, je ne pourrai plus jamais m'en détacher, alors que je ne sais même pas pourquoi il est encore ici. A-t-il pitié de moi ? Je ne vois que ça. Me trouver dans cet état l'a peut-être choqué et il veut essayer de me réparer... Si c'est ça, lorsque je me sentirai mieux, il me laissera. Rien que d'y penser, mon cœur se serre. Je me suis habituée à sa présence, à nos conflits et je dois avouer que j'aime ça.

— Va prendre une douche, je reste ici le temps que tu sois prête et ensuite tu viens avec moi, d'accord ? Comme ça il ne t'arrivera rien.

Je hoche la tête, c'est un bon compromis et il a raison, nous ne pouvons pas rester là tout le temps. C'est déjà un miracle que les soignants ne soient pas venus nous séparer...

Je me redresse péniblement alors que les douleurs de mon corps se réveillent, me rappelant tout ce qu'il a subi. Je ferme les yeux un instant, le temps de reprendre mes esprits.

Jared bouge sur le matelas et lorsque j'ouvre un œil, je le découvre assis au pied du lit.

Il faut que j'arrête d'être aussi faible. Ce qui s'est passé n'est pas pire que ce que j'ai déjà vécu et je suis encore là. Je peux surmonter cette nouvelle épreuve, il le faut.

Je rampe jusqu'au bord du vide et pose mes pieds au sol. Je ne suis pas certaine que mes jambes me portent jusqu'à la salle de bain, mais je réussis à me lever sans encombre.

Je ressens le regard de Jared posé sur moi, je sais qu'il est à l'affût du moindre signe de faiblesse. Il est mon héros, mon sauveur. Il me donne une raison de me battre, une raison de continuer à vivre.

Je fais un pas après l'autre, doucement, jusqu'à arriver devant la douche. Je me déshabille avant de me redresser et de m'avancer vers le miroir. Le reflet qu'il me renvoie est assez catastrophique. J'ai des bleus un peu partout sur le corps, même si le pire est sur mes cuisses. J'approche mes doigts incertains pour toucher ces marques éphémères.

C'est douloureux, mais supportable et je sais que dans quelques jours, ils se seront estompés. Le temps fera son travail.

Je détaille ensuite mon visage. Mes yeux sont rouges d'avoir trop pleuré et mes cheveux ne sont qu'un tas informe.

Je n'arrive pas à comprendre le regard de Jared. Il y avait une pointe de désir dans ses prunelles, alors qu'en me détaillant des pieds à la tête, je ne trouve rien qui soit excitant, au contraire.

— Tu es magnifique...

Je me retourne vivement, je ne savais pas qu'il me regardait !

Il remonte lentement sur mon corps. Ses mâchoires se serrent à chaque hématome qu'il aperçoit, mais finit par arriver jusqu'à mes yeux, dont il s'empare.

Soudain, il tire son tee-shirt qui vient s'écraser au sol, suivi de son pantalon et de son boxer. Nous voilà tous les deux nus et pour ma part, mal à l'aise.

Qu'attend-il de moi ? Suis-je capable de le lui donner ? Puis-je avoir une relation intime avec Jared sans penser à Maxime ? Je ne le sais pas, mais je ne pense pas être prête à me donner à un homme sans revivre cet abus. Pas aussi vite.

Jared s'approche doucement, mais sûrement, alors que l'angoisse s'empare de moi. Je dois le stopper, lui dire que c'est trop tôt, qu'il va devoir attendre, mais je suis pétrifiée. Je me recule jusqu'à buter contre le lavabo. Je suis coincée !

Mes yeux se ferment et je prends une profonde inspiration, je suis certainement en train de m'imaginer n'importe quoi. Sauf qu'en rouvrant les paupières, ce n'est plus Jared qui se trouve face à moi. J'écarquille les yeux, les frottes, mais Maxime est toujours là. Il baisse la tête sur le côté et me détaille de son air vicieux. Comment est-ce possible ? Ils l'ont laissé revenir ? Et Jared où est-il ? Il n'a pas pu m'abandonner !

J'étouffe, l'air me manque, je me sens si faible ! Il continue son ascension jusqu'à se coller contre moi.

— Ambre...

Cette voix, je ne la supporte plus, je ne veux pas revivre ça, c'est déjà trop pour moi. Les larmes coulent alors qu'il attrape mon menton pour que je le fixe.

Ma bouche s'assèche et c'est comme si sa main me brûlait.

Dans un dernier élan de courage, je lance mon genou dans ses parties intimes et le pousse de toutes mes forces.

Il grogne et tente de me retenir, sauf que je réussis à m'échapper. Je manque de tomber en sortant de la pièce, mes jambes me soutiennent à peine, mais je fonce jusqu'à la porte. Je l'ouvre en grand et cours comme une folle dans le couloir jusqu'à ce que je percute Elias. Je suis totalement paniquée et tente de lui expliquer, sauf qu'il ne comprend rien. Il détaille mon corps nu, mais je m'en fiche totalement. Je suis en grave danger et ne pense qu'à sauver ma vie.

— Ma... Max...

Tout à coup, tout se met à tourner autour de moi et je m'effondre. C'est le noir total.

Je me réveille en sursaut, totalement désorientée. Je me redresse aussitôt avisant ce qui m'entoure. Je suis dans ma chambre, en dessous des couvertures, toujours nue. Je tire le drap jusqu'à mon cou et tourne la tête dans tous les sens. Que m'est-il arrivé ?

Je me souviens de ma course folle, d'Elias qui me fait face et puis plus rien.

Je pince l'arrête de mon nez alors qu'un mal de tête me prend. Je suis seule.

Je respire longuement pour faire diminuer les battements de mon cœur et me calme peu à peu.

Lorsque j'arrive à reprendre le dessus, je me lève et vais jusqu'à la porte de la salle de bain, à pas feutrés. Je ne vois pas l'intérieur de la pièce, d'où je me trouve et rien ne m'assure qu'elle est vide...

Je pousse le battant sur mes gardes, prête à déguerpir, sauf que rien ne se passe. Tout reste silencieux. J'avance lentement jusqu'à l'entrée. Mes vêtements se trouvent toujours au sol, je m'empresse de les remettre. Je ne me sens pas capable de prendre une douche. Le bruit de l'eau masquerait les sons qui pourraient venir de ma chambre et je suis déjà trop à cran.

Je retourne près de mon lit et ne sais pas quoi faire. J'aimerais sortir, trouver Jared. Il n'a pas pu m'abandonner à mon sort, c'est impossible. Et s'il lui était arrivé quelque chose ? Que ferai-je sans lui ?

J'avance jusqu'à la porte qui donne sur le couloir et me stoppe quand j'entends une conversation animée.

— Je dois la voir, je ne peux pas la laisser !

Jared ! Je pose ma main sur la poignée, mais suis stoppée dans mon élan.

— Tu ne peux pas, elle doit se reposer. Ce qui lui est arrivé l'a beaucoup perturbée. Nous lui avons donné ce qu'il faut pour qu'elle revienne à la réalité, mais je ne peux pas prendre le risque de te laisser avec elle. Nous ne savons pas de quoi elle est capable, répond Elias.

Que raconte-t-il ? C'est de sa faute, c'est lui qui a laissé entrer Maxime... Et s'il était de mèche avec lui ? Je lâche la poignée et me pose contre le mur avant de me laisser glisser jusqu'au sol. J'attrape mon visage entre mes mains et laisse mes larmes couler. Je ne pensais pas encore en avoir, et pourtant...

Le jour où j'ai décidé de venir ici a été la pire erreur de ma vie. Je me suis enfoncée toute seule dans un piège géant. Tout le monde est de mèche. Maxime, Elias, Rebeca... Et si Jared faisait aussi partie de leur petit groupe ? Et s'il profitait de ma faiblesse depuis le départ ?

Non ! Je ne peux pas y croire. Il n'a pas le droit de me faire ça, je l'aime...

— Pousse-toi Elias, si elle se réveille seule, elle va paniquer.

— Elle doit se débrouiller seule justement ! Quand tu vas sortir, elle n'aura plus personne pour la protéger comme tu le fais, comment va-t-elle survivre ?

— Je ne suis pas encore parti et tant que ce ne sera pas le cas, je resterai avec Ambre que tu le veuilles ou non !

— Je peux te mettre en isolement et retarder ton départ…

— Mais vas-y, fais-toi plaisir !

Sur cette dernière phrase, la porte s'ouvre. Jared s'avance et ne met pas longtemps à me découvrir, piteuse, à ses pieds.

Il se baisse et me soulève sous les aisselles jusqu'à ce que je sois à son niveau, puis m'entoure de ses bras et me fait avancer jusqu'au lit. Nous nous asseyons et il me tire aussitôt contre lui. Sa chaleur m'enveloppe, ainsi que sa délicieuse odeur. C'est fou de ne plus pouvoir se passer de ces petites choses. Je me sens ridicule et pourtant, je ne me vois plus sans lui. Il est devenu indispensable à mon quotidien.

Jared passe une main sur ma joue, me faisant doucement lever la tête vers lui. Il me fixe si intensément… Il me chamboule. Nous restons comme ça de longues minutes. Je ne sais pas si ce que j'y lis est vraiment réel, mais je l'espère de tout mon cœur. Tout s'efface, ma tristesse, ma honte, ma détresse pour ne laisser que mon cœur rempli d'amour.

Sans y réfléchir, j'avance mon visage vers lui et pose mes lèvres sur les siennes. Il est surpris, mais ne se recule pas, au contraire. Elles s'ouvrent alors que nos langues se percutent. Nos bouches se scellent, nous ne faisons plus qu'un. J'ai envie de lui crier, hurler que je suis amoureuse de lui, mais je me retiens. Je ne sais pas ce qu'il en est de lui et ne veux pas l'éloigner inutilement. Ses doigts caressent mes cheveux et son geste me touche. Je ne pense pas être capable de lui donner plus que ma bouche, mais je voulais lui prouver qu'il comptait pour moi. Je lui offre une part de moi.

Il me tire contre lui en s'allongeant sans nous détacher. Nous nous retrouvons couchés dans les bras l'un de l'autre, ses mains se baladant tendrement au-dessus de mes vêtements. Même dans mes souvenirs, je ne me souviens pas d'un homme qui pénètre mon âme à ce point, qui efface tout de ma tête pour ne penser qu'à l'instant présent. Il est unique et je n'ai aucune envie de le laisser partir. Je me rends compte que même avec Maxime, ce n'était pas aussi fort. Je le pensais, j'en étais persuadée, et pourtant, ce n'était pas l'homme de ma vie. Non, celui-ci se trouve face à moi et j'ai terriblement peur de le perdre… Cette fois, je ne m'en remettrais pas !

Chapitre 12

Jared

Sa peau contre moi, sa bouche sur la mienne, c'est tout ce qu'il me faut.

Je n'ai pas envie de la brusquer, même si mon membre n'en a rien à faire. Il est déjà au garde-à-vous, prêt à l'action. Je tente de résister à cette attraction entre nous, mais elle est trop forte, bien plus que ma raison. Mes mains se baladent malgré moi sur son corps, je ne peux m'en empêcher. Je me retiens d'aller plus loin, je le lui dois, même si c'est de plus en plus difficile de la serrer contre moi sans pouvoir lui donner du plaisir, la faire mienne.

Nous finissons néanmoins à calmer nos ardeurs et je garde Ambre entre mes bras, espérant qu'elle puisse se reposer. Ça fait plusieurs fois que je dors avec elle, j'en suis étonné. Je ne me souviens plus la dernière fois que j'ai passé la nuit dans le même lit qu'une femme. Je n'ai jamais désiré une telle chose... Jusqu'à aujourd'hui.

Elle se cale à son aise et laisse ses doigts parcourir mon dos, distraitement. La voir aussi sereine est perturbant quand je pense à la crise qu'elle a faite plus tôt... Je n'en reviens toujours pas !

J'ai enlevé mes vêtements et lorsqu'Ambre a rouvert les yeux, ils étaient comme voilés. Elle s'est soudain reculée comme si j'allais lui faire du mal. Je n'ai pas compris et voulais l'apaiser. Sauf qu'en avançant ma main, je me suis retrouvé avec son genou dans mes parties. Il faut le dire, ça fait mal !

Je n'ai pas eu le temps de réagir qu'elle est partie en courant. Elle paraissait tellement effrayée que je me suis dépêché de mettre mon pantalon, mais ne l'ai pas suivie de trop près pour ne pas la braquer davantage. J'ai rarement vu un changement de comportement aussi rapide. Bien sûr, certains sont dans leur monde et voient des choses dont seuls eux ont connaissance, mais je n'ai jamais croisé une personne aussi instable. Les traumatismes qu'elle a subis doivent y être pour beaucoup, c'était assez impressionnant à voir, même pour moi.

J'ai fini par m'avancer doucement dans le couloir, jusqu'à ce que je voie Ambre au sol, totalement nue, dans les bras d'Elias. Je ne vais pas mentir, j'ai eu une pulsion de jalousie que j'ai failli laisser éclater. Sauf qu'il était en train de prendre son pouls et s'assurer qu'elle était simplement évanouie. Il pensait à sa santé avant tout.

Une fois sûr que son cœur battait, j'ai poussé Elias pour la prendre dans mes bras et la porter jusqu'à sa chambre. Il n'a rien dit, il savait que j'avais compris que sa maladie avait pris le dessus. Ambre était bel et bien schizophrène. Je ne voulais pas le reconnaître, mais les faits parlent d'eux même. Je ne pouvais plus me leurrer.

Je ne sais pas qui Ambre a vu à ma place, mais j'ai une vague idée et c'est loin de me réjouir. La culpabilité m'a aussitôt assailli. Je suis allé trop loin, trop vite. Se retrouver dévêtue, à ma merci, l'a totalement chamboulée. J'ai été idiot de penser qu'avec moi, elle aurait confiance.

J'ai déposé son corps sur le lit et l'ai aussitôt couverte avec les draps. Je n'avais aucune envie que tout le monde la voie aussi vulnérable.

J'ai essayé de lui caresser le visage, de lui parler tendrement pour la faire revenir, mais rien n'y a fait jusqu'à ce que Rebeca prenne le relai et me vire de la chambre. Je ne sais pas ce qu'il lui a pris, je pensais qu'elle ne pouvait pas se supporter toutes les deux, du moins c'est l'impression qu'elles me donnaient. En un sens, je suis soulagé que quelqu'un s'occupe d'elle. Moi, je suis totalement à la ramasse. En voulant l'aider, j'ai déclenché une crise. Je ne la méritais pas ! Sauf que je ne pouvais pas m'éloigner, je n'en avais pas la force, alors je me suis effondré dans le couloir, face à sa chambre.

Les minutes, les heures sont passées sans qu'elle ne bouge. Rebeca n'est pas restée longtemps et je me suis assuré que personne ne rentre plus dans la pièce.

— Tu ne peux pas rester ici indéfiniment, m'a alors dit Elias.

Je ne sais pas combien de temps je suis resté prostré là, mais mes membres commençaient à s'engourdir. Je n'avais qu'une envie : la rejoindre. Peu importe le prix à payer, je la voulais. C'était une obsession, un but ultime.

— J'ai renvoyé la police qui devait prendre sa déposition, ils repasseront demain... Elle n'est pas en état.

J'étais soulagé. Lui faire revivre cet enfer aussi tôt l'aurait à nouveau perturbée. Je sais que nous ne pouvons pas remettre cet entretien indéfiniment, mais un jour de plus ne lui fera pas de tort.

— Tu ferais mieux de partir.

Je me suis redressé pour me dégourdir les jambes et je ne saurais l'expliquer, mais j'avais besoin d'entrer dans la chambre.

— Je dois la voir, je ne peux pas la laisser !

Sauf qu'Elias s'est mis en travers de ma route, me bloquant l'accès.

— Tu ne peux pas, elle doit se reposer. Ce qui lui est arrivé l'a beaucoup perturbée. Nous lui avons donné ce qu'il faut pour qu'elle revienne à la réalité, mais je ne peux pas prendre le risque de te laisser avec elle. Nous ne savons pas de quoi elle est capable.

Ce qu'il me dit est totalement ridicule ! Elle n'est pas une menace !

— Pousse-toi Elias, si elle se réveille seule, elle va paniquer.

— Elle doit se débrouiller seule ! Quand tu vas sortir, elle n'aura plus personne pour la protéger comme tu le fais, comment va-t-elle survivre ?

Je ne la laisserai plus ! Je ne savais pas comment j'allais faire, mais je ne pouvais plus me passer d'elle.

— Je ne suis pas encore parti et tant que ce ne sera pas le cas, je resterai avec Ambre que tu le veuilles ou non !

— Je peux te mettre en isolement et retarder ton départ…, m'a-t-il menacé.

Comme si j'en avais quelque chose à foutre ? Son chantage à deux balles est bien pour les autres, mais pas pour moi.

— Mais vas-y, fais-toi plaisir !

Je l'ai poussé brutalement avant d'activer la poignée.

En entrant dans la chambre, j'ai trouvé Ambre au sol juste à côté de la porte. Son visage était ravagé. Je ne savais pas si elle avait pu entendre notre discussion, mais je m'en fichais. Tout ce qui comptait, c'était elle et sa santé.

Je l'ai attrapée sous les bras. J'avais peur qu'elle me rejette, mais elle ne pouvait pas rester comme ça. Je ne supportais pas de la voir aussi désemparée. Elle m'a tellement habitué à sa force de caractère, à ne pas avoir peur de moi ou de mes menaces, que cet instant de faiblesse m'a touché au plus profond de mon être.

Je l'ai posée sur le lit et ai capturé ses yeux. Nos regards se disaient tout ce que nous n'osions pas avouer à voix haute. Il y avait tellement de mots que j'aurais aimé lui souffler, des paroles qui refléteraient mes sentiments, mais je suis resté silencieux. Comme si le moindre son allait percer notre bulle.

Je n'ai pas le temps de réagir que sa bouche se pose sur la mienne, coupant court à mes pensées. Elle est hésitante, il ne m'en faut pas plus pour reprendre le contrôle. J'essaie de me réfréner, il ne faut pas que je la bouscule, sauf que je n'ai pas l'habitude de me retenir.

Voilà où je me trouve à cet instant, avec mon sexe qui pulse si fort que c'est un supplice.

J'aimerais rester comme ça pour l'éternité. Elle et moi dans un lit, en dehors du reste du monde. Rien que nous deux. Comme si c'était possible…

C'est un petit moment hors du temps qui j'espère aidera Ambre.

— Merci Jared.

Je retiens ma respiration avant de fixer cette femme qui enflamme mes sens.

— Pour quoi ?

— Tu me sauves à chaque fois… Je ne sais pas comment tu fais, mais ta présence est mon remède.

Si seulement… Sauf que la dernière fois, j'étais face à elle et ça ne l'a pas empêchée de partir dans son monde. Et d'avoir peur !

Je ne supporte pas de l'effrayer. Je sais qu'elle ne me voyait plus, mais rien que d'y penser, j'en ai mal au cœur.

Il faut que je pense à autre chose et le bruit de son ventre qui gronde, me rappelle que nous n'avons rien mangé depuis un long moment. Je lève les yeux vers mon réveil et il est à peu près l'heure du repas. Je n'ai aucune envie de la laisser seule, mais il faut que j'aille chercher de quoi nous nourrir.

Je commence à m'éloigner d'Ambre, sauf qu'elle ne comprend pas ce que je fais et essaie de me garder contre elle. J'attrape sa main pour l'entrelacer à la mienne et la rassurer.

— Il faut que j'aille chercher de quoi nous faire un repas.

Elle fronce les sourcils. Je sais qu'elle n'approuve pas, mais c'est plus que nécessaire. Nous ne pouvons pas rester cloîtrés ici, même si j'en serais ravi.

Je me redresse alors qu'Ambre me dévisage.

— Tu reviens ?

Sa question est tremblante, comme si j'allais l'abandonner.

— Bien sûr, tu veux que j'aille où ? Je te rappelle que les portes sont fermées.

Un semblant de sourire se forme aux coins de ses lèvres. On dirait une petite fille apeurée, ça ne lui ressemble tellement pas…

Je me lève et me dirige vers la porte et prends soin de la fermer derrière moi. Il faut que je me dépêche, je n'ai pas envie de la laisser seule trop longtemps. Elle est faible, s'il lui arrive encore quelque chose, je suis certain qu'elle craquerait et ferait une connerie. Ce n'est pas concevable !

Je rejoins la salle commune où personne ne me prête attention. J'attrape une assiette et y mets un peu de tout, je ne sais pas ce dont elle a envie, mais elle doit reprendre des forces. Une soignante m'observe de loin, je la dissuade de me poser une quelconque question, de mon regard noir.

J'attrape deux bouteilles d'eau au passage avant de retourner dans la chambre.

J'entre, sauf qu'en levant la tête, Ambre ne se trouve plus dans le lit. Mon cœur s'emballe malgré moi.

— Ambre ?

Je pose tout sur le lit avant de m'avancer vers la salle de bain, en n'obtenant aucune réponse.

Je pousse la porte et l'observe. Elle est en train de lisser ses cheveux avec ses doigts et pince ses joues avant de se regarder dans le miroir. Son regard se pose aussitôt sur le mien et nous restons ainsi de longues secondes. Elle est belle… Elle n'a aucun artifice pour l'y aider et pourtant, elle est sublime.

— Qu'est-ce qui a changé ?

Je cligne des yeux, que veut-elle dire ?

— C'est-à-dire ?

— Ton regard sur moi, tes gestes, tes paroles… Tu fais trop attention. Je ne suis pas une petite femme fragile. Oui, j'ai des moments où je suis au plus bas et où tout dégringole, mais je ne veux pas de ta pitié.

Je passe une main sur mon visage, je commence à être épuisé. J'essaie de tout faire pour la rassurer et elle me sort ça ! Je ne la comprends pas. Je suis prévenant et tendre, elle ne s'en est pas plainte, pourquoi maintenant ?

— Qu'est-ce qu'il se passe Ambre ?

Elle reporte son attention sur son visage lorsque soudain, elle se met à se griffer le visage.

Je la rejoins en deux enjambées et attrape ses mains avant qu'elle en arrive au sang.

— Calme-toi ! Arrête !

Je crie, c'est plus fort que moi. Mon cœur pulse fort, pourquoi fait-elle une chose pareille ?

— Je dois continuer, je dois devenir laide ! Plus personne ne voudra de moi et n'abusera de mon corps !

Ses larmes strient son visage. Je garde ses mains prisonnières en la tirant contre moi. Elle pleure longuement et je la laisse évacuer tout ça.

Je finis par la porter jusqu'au lit et la force à manger quelque chose avant de nous rallonger. Nous restons silencieux, je ne sais plus comment me comporter avec elle. Je débarrasse le plateau de victuaille et le pose au sol avant qu'elle ne s'allonge. Ses yeux se ferment très vite et les miens également.

Je me réveille en sursaut dans un lit vide.

Je fouille la pièce du regard et vois de la lumière dans la salle de bain. Mon cœur se calme, reprenant des battements réguliers. Elle doit prendre une douche.

Je me lève et m'étire avant de rejoindre la petite pièce attenante. Ambre est nue, sous la douche à peine dissimulée derrière un rideau.

Mon corps est attiré par elle, c'est infernal !

L'eau s'arrête et elle sort en attrapant une serviette. Ses yeux plongent dans les miens. Elle ne cherche pas à se cacher, au contraire. J'ai l'impression de la retrouver enfin, de la voir reprendre le dessus, mais je ne tiens pas son humeur pour acquise. Tout peut changer à tout moment. Il suffit d'une petite chose qui lui rappelle l'horreur qu'elle a subit pour que tout change à nouveau.

Ambre se rapproche jusqu'à ce que sa poitrine frôle mon torse. Je serre les poings pour ne pas la toucher, la pousser contre le mur et la prendre sauvagement. Plus le temps passe et plus j'ai envie d'elle et ne vais pas tenir longtemps avant de me laisser aller. Pourtant je n'ai pas le droit de faire ça. Elle est traumatisée, je ne veux pas abuser de sa faiblesse, il en est hors de question !

— À ton tour…, souffle-t-elle en passant à côté de moi.

J'inspire longuement pour ne pas la suivre. Il faut que je me calme. Je connais un très bon moyen, mais pas avec Ambre de l'autre côté du mur.

Je me déshabille et entre dans la douche. J'attrape son gel douche et m'en badigeonne partout, jusqu'à mon sexe tendu. Je ne dois pas faire ça, mais ma main s'y arrête tout de même. Ses courbes me hantent, je ne peux plus tenir. Mes doigts s'enroulent autour de mon érection et entame des va-et-vient. Ce n'est pas le bon moment ni le bon endroit, mais j'en ai terriblement besoin. J'essaie d'être le plus discret possible. Je pose mon autre main sur le mur pour me soutenir alors que mon excitation est au bord de l'explosion.

Encore quelques mouvements rapides et tout sera fini, je pourrai arrêter de ne penser qu'à ça.

Un bruit dans la salle de bain me fait tourner la tête alors qu'une silhouette se dessine. Je suis obligé de continuer, je suis trop proche. Je l'imagine devant moi, une main sur son intimité à se donner du plaisir et j'explose. Un grondement m'échappe alors que je me déverse sous l'eau.

Je ne perds pas plus de temps. Une fois les battements de mon cœur, un peu plus calme, je me rince et en ouvrant le rideau, je repère la serviette qu'Ambre a abandonnée, sur le lavabo. Je m'essuie en vitesse avant de me rhabiller. Il va falloir que j'aille me chercher une nouvelle tenue dans ma chambre.

Ambre est assise en tailleur sur son lit et je n'ai pas le temps de dire quoi que ce soit, qu'on toque à la porte. Rebeca entre dans la chambre sans même attendre une réponse.

— Bonjour ! nous dit-elle en observant attentivement la pièce. Il faut que vous preniez vos médicaments et Ambre, la police est ici…

Je vois cette dernière se crisper avant de se lever. Son visage est fermé, je n'arrive pas à décrypter ce qu'elle ressent.

Je la rejoins et attrape sa main avant de la porter à ma bouche. Je l'embrasse, même si c'est plutôt ses lèvres qui me font envie. Je veux qu'elle sache que je la soutiens.

Nous sortons de la pièce sans un mot. Je m'arrête un instant pour aller dans ma chambre et enfiler un nouvel uniforme avant de suivre Rebeca. Nous passons par l'infirmerie où cette dernière nous fait rapidement avaler nos petites pilules multicolores. Je ne sais pourquoi, mon regard est attiré par le traitement que prend Ambre. Je connais quasiment chacune d'entre elles pour m'en être occupé jusqu'à mon internement. Je n'y avais pas fait attention jusqu'à aujourd'hui, mais il est vrai que tout ce qu'Ambre ingurgite est bien en référence avec la schizophrénie.

Je finis mon verre d'eau alors que Rebeca nous indique de la suivre jusqu'à une salle réservée aux réunions.

Je sens la paume d'Ambre se mettre à trembler dans la mienne. J'aimerais tellement pouvoir l'accompagner…Sauf que c'est impossible. Elle doit être seule pour ne subir l'influence de personne.

Malgré tout, je l'attire à moi avant qu'elle ne s'engouffre dans ce bureau et l'embrasse. Mes lèvres la reconnaissent, en redemandent, mais je mets rapidement fin à ce baiser. Je ne veux pas me donner en spectacle.

Ambre me lance un dernier regard avant de franchir la porte et qu'un homme vienne la refermer.

Je ne peux même pas imaginer ce qu'elle est train de vivre...

— Elle est courageuse..., souffle Rebeca dans mon dos.

J'ai du mal à la comprendre, bien que je sois d'accord avec elle. Ambre a une force incroyable, que j'envie.

— Pourquoi ce retournement ? ne puis-je m'empêcher de lui demander.

— Je voulais Maxime pour le pouvoir... Du moins au début. Ensuite, j'ai eu la faiblesse et la bêtise d'en tomber amoureuse. Il avait l'image de l'homme idéal et je suis certaine que quelque part il l'était... Jusqu'à ce qu'Ambre débarque et remue tout dans son esprit. En plus du reste...

La rage bouillonne en moi rien que d'entendre ce nom. De plus, elle incrimine Ambre pour tout ce qui lui arrive dans sa vie alors qu'au final, elle n'y est pour rien. Je ne suis pas franchement dans un bon jour. Il ne faudrait pas qu'elle aille plus loin pour déchaîner ma colère.

— Tu insinues que c'est à cause d'elle qu'il est comme ça ? Qu'il l'a violée ?

Rebeca pâlit sous ma remarque et baisse les yeux en tripotant le col de sa blouse.

— Bien sûr que non. Cet homme a un gros souci psychologique, mais Ambre a été le déclencheur. Sa descente aux enfers concorde avec son arrivée, il a dû en déduire qu'elle n'y était pas étrangère.

Mon poing s'abat juste à côté de sa tête et elle tressaille. Nous savons tous les deux que ce n'est pas vrai.

— J'ai toujours eu des doutes sur son professionnalisme, mais s'il s'avère que tu y es pour quelque chose dans ce qui arrive à Ambre, tu es complice de Maxime, tu le regretteras...

Elle avale sa salive avant de répondre d'une voix chevrotante :

— Jamais je ne laisserais faire une telle chose. Je te le jure Jared, si j'avais su, j'aurais agi. J'ai tout fait pour le faire tomber, mais je ne me doutais pas qu'il y aurait des conséquences sur elle.

J'avais besoin de mettre ça au clair, je ne sais plus à qui me fier. Toutes ces personnes qui m'entourent, m'apparaissent sous un nouveau jour.

Maxime était mon ami et voilà où nous en sommes aujourd'hui... Si un jour je le croise, je le tue ! Il a fait du mal à ma sœur et maintenant, à la femme qui s'est emparée de mon cœur, c'est intolérable.

Je me laisse glisser contre le mur et attends qu'Ambre sorte. Raconter toutes ces choses ne va pas être facile. Par la pensée, je lui envoie tout mon courage, même si elle n'en manque pas.

Les minutes s'éternisent jusqu'à ce que le battant de la porte s'ouvre pour laisser passer une magnifique brune aux yeux embués, qui se jette à mes pieds et m'entoure de ses bras, en sanglot.

Chapitre 13

Ambre

Je ne sais plus comment gérer mes émotions. J'ai à la fois envie d'être plus proche que jamais de Jared, mais je me sens pourtant incapable d'aller plus loin qu'un baiser. J'aimerais tellement être insouciante et lui montrer à quel point je l'aime... Je ne sais même pas comment il fait pour encore me supporter. J'ai peur qu'il disparaisse à tout moment. Que le poids que je porte soit trop lourd pour lui.

S'il m'abandonnait, je ne suis pas certaine de le supporter.

Je renifle son odeur qui m'enivre alors que je suis dans ses bras. Les policiers m'ont écoutée attentivement, mais leur raconter tout ça m'a fait revivre cette horreur.

Mes larmes coulent, c'est plus fort que moi, sauf que je veux que ce soit la dernière fois pour cet homme. Il ne mérite plus que je sois malheureuse pour lui. Ça a assez duré !

Je me recule pour essuyer mes joues de mes mains.

— Ça a été ? me demande Jared qui me fixe en essayant de me sonder.

Je ne sais pas ce qu'il arrive à lire en moi, mais je suis trop exténuée pour lui cacher mes pensées.

— Ils ont ouvert une enquête…

Avec l'expertise du médecin, le badge de Maxime qui s'est activé à son entrée et sa sortie, ainsi que les caméras de surveillance positionnées au-dessus de la porte d'entrée du bâtiment, ils ont assez de preuves pour le mettre en garde à vue. La seule chose que je redoute est de devoir témoigner devant le tribunal, avec plein de monde autour. Il risque gros, j'en ai conscience. Je vais gâcher sa vie définitivement, mais je n'ai aucun remords. Tout ça, c'est terminé. Je veux simplement qu'il sorte de ma vie pour toujours.

Jared attrape mon visage et je me reconnecte à lui.

— Qu'est-ce que tu veux faire ? Je te ramène dans ta chambre ou en salle commune ?

Je n'ai envie ni de l'un ni de l'autre. Ma chambre est pleine de souvenirs dont je ne veux plus, sauf que je n'ai pas envie d'être entourée de monde. Ça a dû parler, tout le monde doit être au courant de ce qu'il s'est passé et je ne me sens pas capable de leur faire face.

— Fais-moi oublier…

Jared me fixe intensément, c'est comme s'il essayait de me transmettre sa force et son courage. Son regard est différent, c'est subtil et invisible pour quelqu'un qui ne le connaîtrait pas, or je le vois. Je redoute que ce soit de la pitié, mais je sens que c'est plus profond. J'aimerais rester des heures à l'observer, n'avoir rien d'autre en tête que lui et tous les moments que nous avons passés ensemble. Il est mon phare dans la nuit, sans lui, je serais perdue.

J'aimerais regretter d'être venue ici pour tout ce que j'y ai vécu, mais sans ça, je n'aurais pas rencontré cet homme dont je suis éperdument amoureuse.

Alors que je ne m'y attends pas, il se rapproche jusqu'à s'emparer de ma bouche. Ses lèvres sont incertaines, il ne sait pas jusqu'où je le laisserais aller. Je n'en ai moi-même, aucune idée. Son toucher est le seul à ne pas m'être désagréable, au contraire.

J'accroche mes bras autour de son cou alors qu'il se recule un peu pour poser son front contre le mien. Nous sommes si proches, c'est grisant.

— J'ai une idée..., susurre-t-il, alors que je ne pense qu'à ses lèvres si près des miennes, mais à la fois trop loin pour que je les atteigne.

Il se redresse, attrape ma main et me tire à sa suite.

Je ne sais absolument pas où il m'emmène, mais je lui fais confiance. Ce n'est pas évident vu tout ce que les hommes m'ont fait vivre, et pourtant, avec lui, je me laisserais tomber, je suis certaine qu'il me rattraperait.

Nous empruntons un couloir réservé au personnel. J'observe les alentours, et si quelqu'un nous surprenait ?

Jared ne se pose aucune question, il fonce jusqu'à s'arrêter face à une porte où est inscrit :

« Vestiaires des patients ». Que veut-il que nous fassions là-dedans ?

Il teste la poignée qui par miracle ne lui résiste pas. Il la pousse doucement en tendant l'oreille, sûrement pour s'assurer que la pièce est vide. Une fois satisfait, il me fait entrer rapidement, avant de refermer derrière nous.

— Que faisons-nous ici ? chuchoté-je.

Il ne répond pas à ma question et se dirige vers un casier fermé à clé.

Je ne sais pas comment il compte l'ouvrir et préfère m'asseoir sur un banc qui se trouve au milieu. La fatigue commence à s'abattre sur moi. Raconter mon histoire à des inconnus était une épreuve qui m'a épuisée.

Ce n'est pas forcement ce que j'avais en tête quand je lui ai demandé de me faire penser à autre chose...

Je relève les yeux et reste interdite. Le casier est ouvert alors que Jared fouille à l'intérieur.

— Putain, c'est où ? s'énerve-t-il.

Je me redresse et le rejoins en posant une main sur son bras.

— Comment as-tu fait pour l'ouvrir ?

— Avec la clé, me lance-t-il, comme si je posais une question idiote.

— Évidemment..., soufflé-je en me reculant pour me rasseoir.

Il ne fait plus attention à moi jusqu'à ce qu'il se retourne, une médaille entre ses mains. Il la regarde avec une émotion que je ne lui connais pas. C'est comme s'il était en adoration devant elle.

Il avale sa salive et vient s'installer à côté de moi. Il la détaille de longues secondes avant de me la tendre.

Je l'attrape avec délicatesse, car elle a l'air de représenter un trésor pour lui et je ne veux surtout pas l'abîmer.

Je l'approche de mes yeux, c'est une médaille couleur argent, dessus y est dessiné une mappemonde. Tout est très petit, mais on distingue bien les différents continents. Je la retourne entre mes doigts et observe l'autre côté du globe.

— Elle était à mon père. (Je cligne des yeux lorsqu'il évoque celui pour lequel il avait tant d'admiration.) Il me l'a donnée peu de temps avant de nous quitter. À la fin de ses études, il a fait un tour du monde avec son meilleur ami. Ils ont parcouru des milliers de kilomètres et m'a toujours raconté que ça avait été les plus belles années de sa vie. Il m'a fait vivre toutes ces étapes au fil des années à travers ses récits et j'ai toujours été fasciné par cette aventure extraordinaire. (Jared baisse la tête alors que les souvenirs doivent l'envahir.) Quand il me l'a donnée, j'ai su que tout allait changer et que plus rien ne serait jamais comme avant. Sur une impulsion et parce qu'il m'a fait jurer de profiter de ma vie, même s'il n'en faisait plus partie, je lui ai promis de suivre ses traces. J'ai perdu cet objectif de vue pendant trop de temps… Jusqu'à ce que tu viennes me remuer. J'étais tellement au fond du trou que plus rien ne comptait plus que mon égoïsme.

— Tu as fait ce que tu as pu pour tenter de survivre.

Il lève les yeux sur moi, avant de me fuir à nouveau.

— D'ici quelques jours, je sortirai du centre… J'avais prévu de m'enfuir loin d'ici, de vivre comme j'aurais dû le faire bien avant… Sauf que tu es là.

Je fronce les sourcils, que raconte-t-il ? Je tourne la tête vers lui alors qu'il reste fixé sur ses chaussures. J'attrape son menton pour qu'il me regarde. Je n'ose pas comprendre ce qu'il est en train de dire, c'est impossible. Je l'aime, c'est une certitude et bien sûr que je souhaiterais qu'il m'attende, mais comment pourrais-je lui demander ça après ce qu'il vient de m'avouer ? Je ne veux que son bonheur, peu importe le mien.

— Qu'est-ce que tu veux dire ?

— Que je ne peux pas te laisser tomber. Je me suis trop investi avec toi pour partir à l'autre bout du monde.

Je secoue la tête, je me sens si nulle ! Il ne peut pas gâcher son rêve pour moi. Je ne sais pas combien de temps encore je vais passer ici, il n'attendra pas éternellement. Et surtout, je n'ai aucune envie qu'il m'en veuille, sauf que c'est ce qui arrivera forcément.

— Non ! Je ne suis pas une raison valable ! Tu n'as pas le droit de tout me mettre sur le dos. Je n'ai pas les épaules assez larges pour supporter ce poids. C'est uniquement ta décision, mais ne me dis pas que c'est à cause de moi !

Mon cœur s'affole sous ma tirade. Bien sûr que je préférerais qu'il reste près de moi, sauf qu'il n'aura que quelques heures de visites dans la semaine et les séparations seront trop difficiles à chaque fois. Il y a un risque qu'il m'oublie s'il part dans un autre pays, mais qui me dit qu'il ne le fera pas dans la même ville ? Il sera libre, alors que je serai toujours dans cette prison...

— Tu ne comprends rien Ambre...

Je n'ai aucune envie de me disputer avec lui, mais il est hors de question qu'il reste par ma faute.

— C'est fini Jared. Toi et moi c'est terminé.

Il se lève d'un bond en me fusillant du regard alors que ça me démolit et que je regrette déjà ma décision.

— Tu te fous de ma gueule ? Je te fais comprendre que je me suis attaché à toi, et tu me vires ? Je reconnais enfin que tu représentes bien plus qu'une simple amourette à mes yeux, tout ça pour me faire larguer ! C'est le monde à l'envers ! crie-t-il.

J'ai envie de lui dire de baisser d'un ton, nous sommes ici illégalement et s'il continue, quelqu'un va finir par débarquer. Son regard sévère se voile.

— Tu ne peux pas te cacher derrière moi, j'ai déjà assez de choses à gérer. Fais ton tour du monde et quand tu reviendras, je serai là. Réalise ton rêve sans te préoccuper du reste. Tu as perdu un an et demi de ta vie, ne la gâches pas avec des mois supplémentaires.

Il serre les mâchoires et respire vite. Ses yeux s'éteignent, c'est comme si tous ses sentiments s'échappaient de lui, le laissant vide.

— Tu as raison. Après tout, pourquoi perdrais-je mon temps pour une folle ?

Ses paroles tranchantes me coupent en deux. Je pose mes deux mains sur le banc pour me soutenir. Mon cœur se serre douloureusement. Je pose la médaille à côté de moi et me lève difficilement. Mes jambes ne sont pas très stables, sauf que je ne peux plus rester dans cette pièce. L'air y est trop étouffant.

Le poing de Jared s'enfonce dans la porte du casier, me faisant sursauter. La rage déforme ses traits, et je n'ai aucune envie d'en faire les frais. Alors que j'approche de la porte, je suis soudain retournée et plaquée contre celle-ci. Mon dos heurte le bois, me faisant souffrir, sauf que la détresse que ressent Jared me remue l'estomac.

— Je suis désolé Ambre, pardonne-moi, je t'en supplie. Parler de mon père, reconnaître mes sentiments pour toi et te voir me rejeter, c'est trop. Je n'aurais jamais dû te dire ça, je m'excuse.

Je devrais le délaisser, il me croit folle, quelle image a-t-il de moi ? Ne croit-il rien de ce que j'ai pu lui dire ? Pense-t-il que je m'invente une vie ? Je suis déstabilisée. Mes sentiments pour lui prennent le dessus, il est ma faiblesse. Malgré tous mes doutes, je n'arrive pas à lui en vouloir, mais ce n'est pas pour autant que j'ai changé d'avis sur son avenir. Au contraire même, il est impulsif et je suis certaine de subir ses reproches à la moindre occasion, il en est hors de question. Si un jour nous devons vivre une histoire, ce sera en dehors de ce centre, lorsque nous serons libres tous les deux.

Jared attrape mon visage et me supplie du regard. Comment le tenir à distance alors qu'il est si proche ? Que sa peau touche la mienne ? Je me laisse aller et l'embrasse. Tant qu'il sera ici, je ne pourrai pas l'éloigner, mais une fois sorti, ce sera la fin. Jamais je ne représenterai un boulet pour lui.

Il finit par se reculer, attraper la médaille et la remettre à sa place avant de fermer son casier et de se mettre sur la pointe des pieds pour poser la clé au-dessus.

— On ferait mieux de sortir avant que quelqu'un rapplique.

Je hoche la tête et ouvre la porte lentement. Personne ne se trouve dans le couloir alors je sors suivie par Jared. Il attrape ma main, lorsque nous retournons vers les couloirs où nous sommes autorisés à circuler, sauf qu'à peine arrivons-nous au bout, qu'Elias se dresse, les bras croisés.

— Qu'est-ce que vous foutez ici ?

Jared hausse un sourcil et ricane.

— Je fais visiter les lieux.

— Ne joue pas au con avec moi. Vous n'avez rien à faire dans cette partie, je ne comprends même pas comment vous avez fait pour y accéder !

Jared me tire contre lui et passe un bras autour de mes épaules.

— Si les portes étaient fermées, on ne serait pas là...

Elias s'approche, avec un air pas franchement sympathique.

— Tu profites trop de notre amitié Jared, tu as de la chance que demain tu quittes le centre.

Ce dernier ouvre de grands yeux, il ne devait pas être au courant. Les choses se précipitent et je me retiens de fondre en larmes. Ça y est, notre heure est venue... Je la redoutais, car je n'ai aucune envie que nous soyons séparés. J'avais encore besoin de quelques jours pour me remettre de ce qu'il s'est passé avec Maxime, mais je vais devoir faire avec, je n'ai pas d'autre choix.

Elias nous fait signe de passer, avant de refermer bruyamment la porte derrière nous.

Jared ne lui répond pas et me traîne jusqu'à sa chambre. Je me laisse faire, trop abasourdie. Nous n'avons plus qu'une journée, une seule pour tout lui dire avant qu'il ne parte faire sa vie dans je ne sais quel pays.

La fin est proche et me terrorise. Je ne sais plus faire sans lui, il va pourtant bien falloir...

Chapitre 14

Jared

Quel con je suis ! J'ai failli tout foutre en l'air en un claquement de doigts. J'ai tellement de sentiments pour elle que ça me fait peur et me rend complètement idiot.

Je la tire jusqu'à ma chambre, j'ai besoin de la serrer contre moi sans personne autour pour nous déranger.

La nouvelle d'Elias m'a perturbé. Je pensais avoir encore quelques jours pour me préparer, pour faire en sorte qu'Ambre arrive à se débrouiller sans moi, soit forte. Sauf que demain nous serons séparés.

Je nous installe sur le lit alors qu'elle me fixe de ses sublimes yeux verts.

— C'est si rapide, chuchote-t-elle.

Et je le regrette. J'aurais voulu passer encore un peu de temps avec elle avant que je ne puisse plus la voir que par de brèves apparitions.

Les derniers événements se sont enchaînés à une vitesse folle et j'ai du mal à réaliser que je vais enfin quitter cet endroit. Celui que j'ai maudit pendant tous ces mois, et à la fois tant aimé ces derniers jours. La présence d'Ambre m'a fait voir les choses sous un autre angle et comme une magicienne, elle a su faire en sorte que je devienne accro à elle. Elle est ma drogue, celle dont je ne sais plus me passer, et pourtant, il va bien falloir.

— Je ne peux pas partir Ambre... Tu ne comprends sûrement pas ce que j'essaie de dire, ou alors tu ne le veux pas, mais j'éprouve des choses pour toi qui sont au-delà de tout ce que j'ai connu. Tu es devenue mon oxygène. Si je pars à l'autre bout du monde, je ne ferai que penser à toi et je serai malheureux de te savoir si loin.

Elle pousse un soupir en attrapant ma main posée entre nous.

— Fais-le pour moi Jared. Je ne sais pas combien de temps je vais rester ici et tu ne peux pas rester pour moi, je ne me le pardonnerais pas. Tu as une vie à reconstruire. Nous deux, c'était la plus belle parenthèse de ma vie. Nous avons chacun évolué en présence de l'autre, mais ce n'est qu'éphémère.

J'essaie de fouiller son regard pour y chercher une once de mensonge, quelque chose qui trahisse son envie de me garder près d'elle, mais c'est le vide que je rencontre. Elle a baissé les bras et accepte son sort. Une douleur se propage dans ma poitrine. Je comprends que tout ça est en train de se finir. Ambre m'aime tellement qu'elle est prête à se sacrifier. Je ne peux pas la laisser faire, mais je n'ai plus envie de batailler contre elle. J'ai déjà été trop loin dans mes paroles et ne veux en aucun cas recommencer.

Je soulève sa main pour l'embrasser délicatement. Je ne sais pas si elle acceptera ce que je vais faire, mais je suis obligé d'essayer. Je ne peux pas la quitter sans me souvenir une dernière fois de la sensation enivrante de la posséder.

J'ai besoin de la marquer une dernière fois. Je ne peux même pas imaginer la remplacer par une autre femme. Tout ce que nous vivons est tellement intense qu'aucune autre ne pourrait supporter la comparaison.

Mes baisers remontent le long de son bras jusqu'à arriver dans son cou. Ambre me laisse faire, alors je continue en venant m'emparer de ses lèvres. Sa main libre passe dans mes cheveux, me rapprochant le plus possible. Nos cœurs battent à l'unisson, nos sentiments sont en accords.

Mes doigts profitent de ce moment de grâce pour aller empoigner sa poitrine. Elle se crispe une seconde avant de lâcher prise. Je veux qu'elle se laisse aller avec moi, qu'elle soit libre. Si elle me dit de reculer, je n'en aurai aucune envie, mais je le ferai. Son bien-être passe avant tout.

Je fais de petits cercles au niveau de ses tétons qui sont déjà dressés et suis ravi de constater qu'Ambre respire de façon désordonnée. Sa poigne se raffermit dans mes cheveux et nous fait basculer sur le lit. Je me retrouve, le buste au-dessus du sien. Ce n'est pas la meilleure position qui soit, alors je mets fin à notre étreinte pour écarter ses jambes et venir me faufiler au milieu. Ces dernières se croisent aussitôt derrière mon dos, me bloquant contre elle. Je prends quelques secondes pour l'observer et être certain de ne pas aller trop vite. Je ne me le pardonnerais pas si elle n'était pas entièrement consentante et sûre d'elle.

Je caresse sa joue en poussant ses cheveux à s'étaler autour de sa tête.

— On peut s'arrêter là, je sais que la situation n'est pas idéale et que tu n'es pas encore entièrement remise…

La suite de mes mots reste au fond de ma gorge, car elle vient d'empoigner mon érection, déjà dure depuis que nous sommes entrés dans la chambre. Elle entame un va-et-vient qui me rend fou. Mon cœur s'emballe alors que mon plaisir grimpe. Je ne pourrai pas me retenir longtemps tellement je la désire. Je mets fin à ses caresses en attrapant sa main pour la poser à côté de sa tête.

— Je n'ai aucune envie que tu t'arrêtes Jared. Je veux me sentir vivante.

Je dépose un baiser rapide sur sa bouche avant de me lever et de tirer brutalement sur mes vêtements. Je jette tout au sol, puis me penche sur Ambre et la déshabille plus lentement, en faisant vagabonder mes doigts sur sa peau blanche.

Une fois nos corps nus, je reprends ma place et ne tiens plus. Je caresse son intimité avant de la pénétrer d'un doigt pour m'assurer qu'elle est prête à me recevoir. Je suis ravi de la trouver trempée et ne perds pas une seconde pour diriger mon sexe dans cette moiteur.

Je fixe mes yeux aux siens pour qu'elle reste ici, avec moi. J'avance doucement jusqu'à la garde et prends le temps de savourer toutes les sensations qui explosent autour de moi. Je suis au seul endroit que je désire, entre les bras de la femme que j'aime, ancré au plus profond de son corps.

Elle halète lorsque je sors complètement d'elle pour y revenir plus durement. Ses ongles plantés dans mes épaules me tiraillent, je me sens tellement bien à cette place, rien ne pourra me détourner de mon but : la jouissance pour l'un comme pour l'autre.

Je viens titiller son clitoris tout en accélérant mes mouvements de bassin. Elle est à moi. À cet instant, elle m'appartient, même si je sais que demain sera un autre jour... Je profite de l'instant présent alors que je sens Ambre se mettre à trembler. Son orgasme déferle en elle dans un cri que j'étouffe avec ma bouche. Je la pilonne vite et fort avant de me laisser aller à mon tour. Nos corps sont en parfaite harmonie, nos souffles brisant le silence qui s'installe.

Je me retire avant de m'allonger à côté d'elle.

Ambre tourne la tête, reprenant peu à peu son souffle.

— Je t'aime Jared. Comme je n'ai jamais aimé personne.

Je cligne des yeux, croyant à un rêve. Sa déclaration me touche, c'est évident, mais comment pourrais-je lui dire la même chose alors que nos heures sont comptées ? Bientôt, je ne pourrai plus la toucher ni lui parler comme j'en ai envie, ce sera une torture. Si je lui dis ces quelques mots, tout va changer et je serai incapable de la laisser seule. Les prononcer les rendrait trop réels.

— Je sais que ce n'est pas le bon moment pour te le dire, mais ce que tu viens de me faire... C'est trop pour que je le garde encore au fond de moi.

Je pose un doigt sur ses lèvres alors qu'elle lève les yeux pour enfin me fixer.

— Tu veux que je parte, mais tu fais tout pour que je n'en aie aucune envie.

Ambre secoue la tête.

— Tu crois que c'est facile pour moi ? Je ne veux simplement pas te retenir, parce que je ne veux pas que tu regrettes, mais ça me tue de te laisser partir.

Sa confession me retourne l'estomac, je me redresse et m'assois au bord du lit. Je prends ma tête entre mes mains, pourquoi notre situation est-elle si compliquée ? Ambre chamboule toute mon existence. Sa main vient caresser mon dos, mais rien ne pourra calmer l'orage qui gronde en moi. Et si je faisais quelque chose qui me ramène ici, ou alors qui me ferait aller en isolement, et retarde ma sortie ? Je suis prêt à tout pour elle, pour continuer ce que nous venons tout juste de commencer.

— Jared, s'il te plaît, si tu as un minimum de sentiments pour moi, fais-le. Tu pourras toujours revenir après, je serai là, je t'attendrai, mais ne gâche pas cette chance pour moi, je t'en supplie.

Je frotte mon visage avant de tourner ma tête vers elle. Si elle savait, elle est mon obsession. J'aimerais tout envoyer balader, sauf que ses paroles tournent en boucle dans ma tête.

Je me lève, ne sachant quoi lui répondre, je suis perdu.

J'entre dans la douche et laisse l'eau couler sur ma tête de longues secondes jusqu'à ce que j'ouvre les yeux et découvre Ambre qui m'observe, les bras croisés, faisant ressortir sa poitrine nue.

Je ne peux pas me concentrer avec elle dans les parages. Elle est si magnifique, malgré les cicatrices qui parcourent sa peau, elle n'a rien à envier à personne.

Je la détaille alors qu'un sourire s'épanouit sur son visage.

— Je te plais ?

C'est une question totalement ridicule au vu de mon sexe qui se dresse sans qu'on le lui demande. Il faudrait être sacrément difficile pour ne pas être excité par une femme comme elle.

Je tends la main pour qu'elle me rejoigne. Elle veut que je parte, je ne sais pas comment le lui refuser même si ça va nous faire souffrir tous les deux. En attendant, je veux profiter d'elle au maximum. Elle s'avance jusqu'à enlacer ses doigts aux miens et je la tire contre moi. Nos bouches se scellent, exigeantes alors que nos mains sont partout sur le corps de l'autre. N'y tenant plus, j'attrape les jambes d'Ambre pour qu'elle les accroche autour de ma taille et la plaque doucement contre le mur. Elle gémit alors que mon membre se fond en elle, impatient. Je ne sais pas comment je peux à nouveau être prêt pour elle, et pourtant, c'est comme si mon sexe en redemandait encore et encore. Ses seins frottent contre mon torse, m'électrisant.

Nous ne sommes plus qu'un, un tout qui forme une seule entité, une seule âme.

Et je sais avec certitude qu'elle est la seule à avoir ce pouvoir, la seule qui puisse me faire ressentir tout ça. Je suis terriblement et irrémédiablement amoureux d'elle.

L'orgasme nous surprend au même instant et nous jouissons bruyamment.

Alors que je remets Ambre sur ses jambes, un raclement de gorge se fait entendre.

— Ambre, tu as de la visite, souffle Rebeca derrière la porte restée entre ouverte.

Des pas précipités nous font comprendre qu'elle s'est enfuie et je ne peux m'empêcher d'exploser de rire. Ambre me suit alors qu'elle attrape le gel douche avant de poser ses mains sur mon torse.

— Ambre ! grondé-je.

Si elle continue, je vais finir par la reprendre, c'est une certitude.

Elle me lance un sourire narquois avant de se frotter elle-même avec ses mains. Mon regard suit ses doigts qui passent sur ses seins avant de filer vers le bas. Ma respiration commençait tout juste à s'apaiser, qu'elle repart de plus belle. J'aime tellement la voir comme ça, joueuse et heureuse.

Je m'empare de ses lèvres avant de me laver en vitesse. Si je reste trop longtemps dans cet espace restreint, je ne réponds plus de rien.

J'attrape une serviette alors qu'Ambre en fait de même puis nous rejoignons la chambre. Nos vêtements sont éparpillés au sol, laissant peu de place au doute concernant nos activités.

Je ramasse le tout alors qu'Ambre s'est assise sur le lit.

— Tu sais qui vient te voir ?

Elle fronce les sourcils.

— Pas du tout, je n'ai jamais de visite...

Ce qu'elle me dit me peine. Moi, ma sœur vient une fois par semaine depuis le début. À chaque fois, je refuse de la voir, mais elle tente toujours. Je ne sais pas trop comment je réagirais si personne ne m'attendait dehors.

— Tu n'as pas de famille ? tenté-je.

Je marche sur des œufs ne sachant finalement rien de sa vie à l'extérieur.

Elle secoue la tête.

— Quand ils ont découvert que je me droguais, ils m'ont mise de côté, comme si je n'avais jamais existée. Je n'ai plus de nouvelles d'eux depuis des années.

La tristesse qui l'accable me fait mal au cœur. Je ne voulais pas remuer tout ça. Je vois bien que ça la pèse, alors j'avance vers elle et possède sa bouche avant de lui jeter doucement ses vêtements dessus.

— Allez, habille-toi ! lui dis-je alors qu'elle me tire la langue en attrapant sa culotte.

Elle la fait lentement glisser le long de ses jambes, elle est tellement excitante...

Je secoue la tête avant d'enfiler mes affaires.

Nous sortons dans le couloir. Ses cheveux sont trempés, mais elle est toujours aussi belle.

Son regard capture le mien, je me force à continuer ma route. Je n'en ai aucune envie, je préférerais passer le reste de mon temps ici, avec elle dans mon lit.

Les visites se passent dans une pièce attenante à la salle commune.

J'accompagne Ambre, curieux de voir qui vient lui rendre visite. J'espère au fond de moi que c'est un de ses parents. Après tout, elle est leur chair, leur sang...

Je ne fais pas attention et rentre dans Ambre qui s'est arrêtée net. Je passe la tête au-dessus de son épaule et détaille l'homme qui nous fait face.

Il est grand, bien que plus petit que moi, assez baraqué. Il a un air sur le visage qui ne me plaît pas. Il parcourt le corps d'Ambre des pieds à la tête avant de lui faire un sourire carnassier. Malgré moi, j'enroule mon bras autour de la taille de cette dernière pour la plaquer contre mon torse. Le type n'en manque pas une miette et le regard qu'il me lance, n'est pas des plus amical qui soit. Ça tombe bien, je veux lui montrer qu'elle m'appartient ! Je sais que je le provoque, mais c'est plus fort que moi.

Ambre se crispe avant de se mettre soudain à trembler violemment contre moi. Elle se débat pour que je la lâche et se met à courir dans le couloir.

L'homme en face de moi est content de lui. J'aimerai me confronter à lui pour ce qu'il a l'air de faire ressentir à Ambre, mais je ne peux pas la laisser dans cet état.

Je mémorise une dernière fois son visage alors qu'il hoche discrètement la tête. Je ne perds pas plus de temps avant de suivre Ambre. Savoir que ce type est ici, ne me plait pas du tout.

Chapitre 15

Ambre

J'ai oublié pendant une journée ce qu'était mon quotidien. Jared m'a fait vivre hors du temps et de notre situation précaire. Entre ses bras, plus rien d'autre ne comptait en dehors de lui. J'étais enfin heureuse, pour la première fois depuis des années, je me suis sentie libre et aimée. Je devais me douter que ça ne durerait pas, c'était trop beau pour continuer…

Lorsque j'entre dans la petite salle réservée aux visites, tout mon corps se crispe avant même que je ne voie la personne. Je sens que je suis en danger et lorsque mes yeux se posent dans les siens, c'est comme si je rebasculais en enfer. Tout mon être ne se concentre plus que sur lui.

Greg me fait face alors que les battements de mon cœur s'emballent. Je suis dans un cauchemar ! Je l'ai tué. J'en suis certaine, je me suis débarrassée de lui il y a des années ! Il ne peut pas être là, c'est impossible ! Et pourtant, malgré mes clignements d'yeux, il ne disparaît pas !

Ma respiration devient de plus en plus difficile alors qu'il se met à détailler mon corps. Je sens Jared dans mon dos, contre moi, mais je frissonne de terreur. Même lui ne peut rien contre le diable en personne. Je dois m'échapper, trouver une issue. Il sait où me trouver, il va me faire du mal !

Sur une impulsion, je me dégage de la poigne de Jared et fonce dans les couloirs. Je ne sais pas où je vais ni ce que je cherche réellement, mais je cours aussi vite que mes jambes me le permettent. Il faut que je parte le plus loin possible de cet homme. S'il arrive à poser la main sur moi, je suis foutue, j'en suis certaine.

Tout s'embrouille dans ma tête, des flashs s'imposent dans mon esprit et tout se modifie. Mes souvenirs ne sont plus, c'est un autre visage que le sien qui se trouve devant moi, des ciseaux plantés dans le corps. Comment est-ce possible ? C'est comme si ma réalité se modifiait.

Je cligne des yeux jusqu'à ce qu'au détour d'un couloir je perde l'équilibre et tombe à genoux. Je me retrouve à quatre pattes, alors qu'une nausée monte dans ma gorge. Ma tête tourne, je me sens au plus mal. Un sanglot fend mes lèvres lorsque des pas précipités se font entendre. Il vient me chercher ! Greg arrive pour me faire payer et je suis si faible que je serais incapable de lui résister. Mon calvaire va reprendre. Après toutes ces années où je pensais être libre, le revoilà.

— Ambre !

Mon souffle se coupe, je rampe pour me coller au mur et tenter de ne faire plus qu'un avec lui. Je tente de me cacher, même si je sais que c'est impossible. Je n'ai pas le pouvoir de devenir transparente.

J'attrape ma tête entre mes mains, je ne supporte plus qu'on prononce mon prénom. Je veux que tout disparaisse, que mon crâne arrête de bourdonner, que mon cœur cesse de battre et qu'enfin, je puisse être en paix.

— Ambre qu'est-ce qui se passe ? demande soudain une voix inquiète.

Je n'ose pas me redresser et affronter la réalité. J'ai forcément rêvé de Greg, il ne peut pas vraiment être ici, c'est forcément ça. Je vais me réveiller, il le faut !

— S'il te plaît, dis-moi pourquoi tu réagis comme ça ? C'est qui ce type ?

Je ne peux pas répondre, il n'existe plus, il est mort.

Un contact sur ma main est comme un électrochoc. Je me redresse aussitôt posant mes yeux sur Jared qui se recule vivement en mettant ses mains en l'air.

J'avale ma salive et frotte vigoureusement mon visage.

— Dis-moi qu'il n'y avait personne dans cette pièce, le supplié-je.

Son regard se voile avant qu'il ne baisse la tête.

— Ambre... Vu ta réaction, je n'ai qu'une seule envie : y retourner pour lui fracasser la gueule.

Je me relève aussitôt et attrape ses poignets pour le retenir auprès de moi. Il ne le connaît pas, s'il s'en prend à lui, Greg va le tuer ! Je l'ai vu tellement de fois tabasser des hommes qu'il est hors de question de laisser Jared s'y mesurer.

— Tu... Tu ne peux pas ! Reste avec moi, il faut que tu restes ici.

— Calme-toi et explique-moi.

Il me tire contre lui en m'emprisonnant contre son torse. Je ne le repousse pas, sa chaleur me rassure.

Je ne sais pas quoi lui dire tellement c'est délirant. Je lui ai dit que je l'avais tué, comment puis-je lui expliquer qu'il a ressuscité ? Est-ce que je le croyais mort et qu'il ne l'était pas ? Mais ça n'a pas de sens. J'ai dû tout raconter aux policiers, je suis passée devant un tribunal... Je ne l'ai pas inventé !

Je suis folle, il avait raison finalement. Je m'invente une vie, vois des choses qui n'existent pas... Je dois me rendre à l'évidence, je mérite d'être enfermée dans ce centre.

Jared se décale pour attraper ma main et me force à le suivre. Je ne sais pas où il va et observe les alentours à chaque fois, sur mes gardes. Greg est dans les parages, il va venir me chercher, c'est obligé, pourquoi serait-il venu me voir autrement ?

Une fois la porte de sa chambre passée, il la claque avant de me forcer à venir m'installer sur son lit. Il s'accroupit devant moi et me demande une nouvelle fois de lui expliquer.

— C'est Greg, l'homme à qui j'appartenais avant Maxime... (Je sens ses doigts se crisper autour des miens.) Il est venu me chercher. Il était vraiment là ? demandé-je par acquit de conscience.

— Oui, il y avait bien un homme dans la pièce.

— Comment se fait-il qu'il soit en vie ?

Jared détourne les yeux et prend une profonde inspiration.

— Tu es malade Ambre. Avec les traumatismes que tu as subis, tu as fait des transferts. Tu as vu Greg à la place d'un autre…

Lui aussi pense que je suis complètement timbrée. Mais pourquoi reste-t-il auprès de moi ? Il devrait me quitter, je ne le mérite pas.

— Je te fais pitié ?

Il fronce les sourcils en secouant la tête.

— Arrête de dire n'importe quoi. Bien sûr que non.

— Alors pourquoi restes-tu avec une malade mentale ? Quel intérêt ? Tu ferais mieux de partir loin. Si j'ai des hallucinations alors comment savoir que tu es réel ? Et comment puis-je être certaine de ne pas te confondre avec un autre un jour et te faire du mal ?

J'étouffe. Je n'ai jamais écouté quand on me disait ces choses-là, mais que ça sorte de la bouche de l'homme que j'aime, de celui qui me redonne vie, est insupportable.

Il attrape mon menton pour m'obliger à le regarder.

— Bordel Ambre, arrête de raconter des conneries. Tu ne m'as jamais rien fait et si je suis toujours là, c'est uniquement parce que tu chamboules mon univers et que je suis tellement attiré par toi que je ne me vois pas une seconde sans ta présence.

Mes larmes coulent, ce qu'il me dit est beau, mais je ne sais plus que croire.

— Tu n'as pas à supporter tout ça.

Il se lève et fait quelques pas avant de revenir vers moi. Son visage est crispé et ses poings fermés.

— Putain, tu ne comprends rien ! Je suis amoureux de toi Ambre ! C'est si difficile à comprendre ?

Mon cœur rate un battement avant de s'emballer. Il n'a pas vraiment dit ça ? Le pense-t-il réellement ? Je suis abasourdie par sa déclaration, lui qui garde ses sentiments enfouit depuis le début. Qu'il se dévoile de cette façon est assez incroyable.

Il balance son poing dans un mur, me faisant sursauter avant de se précipiter sur moi. Il encadre mon visage pour s'emparer de mes lèvres.

Sa langue me dévore, il n'est pas tendre, même un peu brutal, mais je m'en fiche. Comme à chaque fois, il devient le centre de mon attention et je le laisse faire lorsqu'il me pousse à m'allonger et me recouvre de son corps.

— On n'aurait jamais dû quitter ce lit..., susurre-t-il.

Je suis bien d'accord, sauf que maintenant, je ne peux ignorer ce qu'il s'est passé.

Il caresse doucement mon visage, le regard dur.

— Que vient-il foutre ici ?

Je n'en sais absolument rien. C'est un mystère, mais ça ne peut pas être un hasard. Je suis partie à des centaines de kilomètres et c'est là qu'il vient me trouver. Il a attendu que je sois loin pour venir me chercher, c'est incompréhensible.

— Je ne veux pas le voir. Je ne peux plus être face à lui. Tous mes souvenirs remontent et ils sont insupportables.

Jared m'embrasse, comme un pansement qu'il mettrait sur une blessure.

— Ne t'en fais pas, je vais m'assurer qu'il ne revienne plus.

J'ai envie de lui faire confiance, mais je suis moins optimiste que lui. En attendant, je ne veux plus sortir de cette chambre. Il faut qu'il me fasse encore oublier. Me perdre sous ses caresses est tout ce que je désire. Il est tout ce dont j'ai besoin et envie.

Mes doigts viennent se perdre sur ses bras, jusqu'à son dos.

— Je vais aller chercher à manger, nous sommes un peu négligents en ce moment.

Je n'ai aucune faim de nourriture, uniquement de lui. Sans lui laisser le temps de se relever, j'embrasse son cou. Il frissonne et se recule hors de ma portée. Ses yeux me transpercent.

— Il faut être raisonnable...

Il dit ça, mais n'a pas l'air de vraiment avoir envie de l'être. Ses yeux dévient vers mes lèvres.

— Tu es une tentatrice.

Il ne se laisse pourtant pas prendre dans mes filets, car il se redresse et avant que je n'aie pu le retenir, il file dans le couloir.

Je prends de profondes inspirations autant pour calmer ma panique de me retrouver seule que pour mon envie de lui. Je me sens nymphomane avec cet homme. C'est comme si je n'allais jamais en être rassasiée.

Je ne sais pas quelle heure il est quand je me réveille. Je dors si bien quand je suis dans les bras de Jared… Je me souviens de lui me faisant l'amour tendrement après avoir mangé un semblant de repas qu'il est allé chercher. C'était parfait.

Je porte la main à côté de moi, mais seul le vide m'accueille. Je suis déçue qu'il ne soit plus là.

Je m'étire, pleine de courbatures. Je n'ai plus l'habitude d'enchaîner des rapports. Je suis restée longtemps sans homme pour me donner du plaisir, il me faut un petit peu de temps pour me réadapter.

Je m'assieds sur le lit puis rejoins la salle de bain. Je me dépêche de prendre une douche avant d'attraper une des tenues de Jared. Elle est un peu grande, mais je n'ai pas envie de traverser le couloir nue pour aller en chercher une dans ma chambre, alors je m'en contenterais.

Je fouille la pièce du regard à la recherche d'un indice m'indiquant où a pu partir Jared et je finis par remarquer une feuille de papier en équilibre au bout du lit.

Je m'y précipite, j'aime qu'on me fasse de petites surprises comme un petit mot.

Je la déplie et la lis.

« Ambre, tu es tout pour moi. Je ne sais pas comment te le dire, je ne t'ai pas réveillé, je ne suis pas certain que j'aurais pu le faire en te regardant dans les yeux. Je suis parti.

Selon ma psychiatre, je suis apte à me débrouiller dehors. Tu ne me le pardonneras sans doute pas, mais j'ai quitté le centre, il le fallait.

Jamais je n'aurais pensé rencontrer une femme comme toi ici. Tu as changé ma vie. Tu es mon idéal, mon obsession et je t'aime. Je t'aime comme aucune autre et comme je n'aimerais jamais personne. Je donnerais ma vie pour que tu sois heureuse.

J'ai promis de te protéger et c'est ce que je vais faire. Je ne suis pas certain d'avoir encore l'occasion de te parler, alors je voulais que tu aies une trace de tout ça, pour que tu ne doutes jamais que j'ai été réel.

Tu es la femme de ma vie. J'aurais aimé avoir plus de temps avec toi pour te prouver à quel point tu es extraordinaire... Surtout, ne fais pas de bêtises. Où que je sois, je te surveille. Je te retrouverais Ambre, ici ou ailleurs, nous serons à nouveau réunis, je te le jure. Deux âmes sœurs ne peuvent rester séparées pour toujours. JE T'AIME. Jared. »

Je porte ma main à ma bouche pour essayer de calmer mes sanglots. Qu'a-t-il fait ? Il n'a pas le droit de m'abandonner !

La lettre m'échappe des mains alors que je me lève et me mets à courir. Je traverse plusieurs couloirs jusqu'à m'arrêter devant une porte. Je l'ouvre et m'effondre au sol.

— Jared... Jared... Jared..., répété-je en boucle alors qu'Elias me rejoint inquiet.

— Que se passe-t-il Ambre ?

— Il est en danger !

Après ça, tout est flou. Je me retrouve dans ma chambre avec Rebeca qui me donne un cachet et de l'eau. C'est comme si j'étais anesthésié et j'avale le comprimé sans réfléchir.

Où es-tu ? Ne fais pas de bêtises, je t'en supplie !

Chapitre 16

Jared

Je regarde Ambre assoupie. J'ai envie de la réveiller, l'embrasser, la posséder encore et encore, mais je sais que ce n'est que reculer l'échéance. Je suis sorti pour lui ramener un petit déjeuner, sauf qu'Elias m'attendait. Il est l'heure pour moi de quitter le centre.

Cette réalité est ce que j'ai voulu durant des mois, alors pourquoi je n'arrive pas à m'en réjouir ? M'éloigner d'Ambre est un supplice.

Ses cheveux sombres s'étalent sur l'oreiller et une boule dans ma gorge m'empêche de respirer normalement. Je l'abandonne. Je sais que ce n'est pas correct, mais je serais incapable de m'en aller avec ses yeux suppliants dans les miens, son odeur qui flotterait autour de moi… Je suis un lâche.

Je pose sur le lit la lettre que je lui ai écrite en vitesse, avant de rejoindre la porte. Je pose mon regard une dernière fois sur elle avant de rejoindre le couloir. Mon cœur tambourine alors que tout mon corps se refuse à avancer.

Un pied devant l'autre, ce n'est pourtant pas si compliqué. Je dois le faire, je n'ai pas d'autre choix. Je me suis fait une promesse et compte la tenir. Plus personne ne s'en prendra à elle d'une quelconque manière.

— Tu es prêt ? me surprend Elias.

Il regarde la porte avant de me sourire.

— Oui.

— Je sais que c'est compliqué, mais tu ne peux pas continuer à vivre en huis clos. Tu dois reprendre tes habitudes, sortir, voir du monde. Elle n'est pas encore prête pour tout ça.

J'en ai conscience, mais ce n'est pas pour autant que c'est plus facile à admettre.

Je préfère ne rien dire et le suis à travers ces couloirs qui ont abrité mes espoirs comme mes désespoirs. Je n'y reviendrais plus, ou peut-être en tant que visiteur…

Nous entrons dans le vestiaire des patients où se trouvent toutes mes affaires. Elias ouvre le cadenas et je me dépêche de me changer. Je ne regretterais en aucun cas cet uniforme. J'attrape mon sac et ne peux m'empêcher de prendre la médaille de mon père dans la main. Je le ferais papa, une fois que la femme que j'aime sera en sécurité, je ferais ce tour du monde.

J'ai longuement réfléchi lorsqu'Ambre s'est endormie. Je ne trouvais pas le sommeil et j'ai réalisé qu'elle avait raison. Si je m'empêche de faire ça, je le regretterai et ne pourrais pas vivre sereinement. M'éloigner d'elle à ce point, me terrifie. Et si elle m'oubliait ? Si elle trouvait un homme qui serait présent, aux petits soins ? Je dois être réaliste, nous devons stopper notre relation. Je me dis que si elle est la femme de ma vie, je la retrouverais au moment opportun.

Nous avons des choses à régler chacun de notre côté avant de pouvoir nous unir définitivement.

— Tu veux que quelqu'un te ramène chez toi ? demande Elias, me sortant de mes pensées.

Je secoue la tête, j'ai des choses à faire qui ne regardent que moi.

Il m'accompagne jusqu'à la porte qu'il ouvre. Je reste figé devant, c'est fini, je suis libre ! J'ai du mal à réaliser, je suis autorisé à sortir, à aller où bon me semble sans personne pour me surveiller.

— Merci pour tout, lancé-je à Elias qui hoche la tête.

Il a tout fait pour que je sois à l'aise dans le centre et a accéléré ma sortie, jugeant ma présence ici inutile. Pour lui, ça fait déjà un moment que j'aurais dû sortir, mais Maxime me retenait enfermé. Mes nerfs contre lui, sont d'autant plus à vif.

Je n'attends que de le retrouver pour le faire payer. Il s'en est pris à la mauvaise personne !

J'avance dans le couloir et finis par descendre l'escalier jusqu'à l'accueil.

L'extérieur m'appelle. Je traverse le hall rapidement jusqu'à sentir l'air m'envelopper. Le vent souffle, faisant bouger mes cheveux en tous sens, c'est une sensation que j'avais presque oubliée.

Mon regard est attiré par cette vitre devant laquelle j'ai passé tant d'heures. C'est un au revoir douloureux. Ambre va me détester.

Je ferme les yeux quelques secondes avant de prendre une profonde inspiration et de parcourir l'allée qui mène dans la rue. Il est encore assez tôt, pourtant, il y a du monde qui va-et-vient des deux côtés. Quelques voitures passent et je suis comme tétanisé. Je respire longuement avant de m'apaiser un peu.

Je dois retourner chez moi pour déposer mes affaires et préparer un plan d'action. Qui sait, peut-être que Maxime a contacté ma sœur et lui a donné un endroit où le trouver !

Je remonte la rue, passe devant des commerces qui ouvrent à peine. Je me sens perdu. C'était pourtant inné avant, je ne me posais aucune question et faisais tout ça naturellement. C'est impressionnant de se rendre compte à quel point l'isolement nous change.

Je continue mon trajet jusqu'à un primeur que je connais bien pour me fournir uniquement chez lui. Son fils est médecin et nous travaillions souvent ensemble, je passe la capuche de mon sweat pour ne pas qu'il me remarque. J'ai peur de ce qu'on peut dire sur moi. J'ai été interné, de ce fait, ils doivent tous me prendre pour un fou.

J'avance sans qu'il ne fasse attention à moi et tourne au coin de la rue, sauf que je me retrouve soudain plaqué contre un mur. Mon crâne s'écrase contre celui-ci et je n'ai pas le temps de comprendre ce qu'il m'arrive, je me fais tabasser. J'essaie de me protéger du mieux que je peux, et de rester debout, sauf que c'est de plus en plus difficile. Je lance mes poings à la personne qui me fait face, mais il est résistant et je ne suis pas assez en forme pour lui tenir tête.

Un uppercut dans le ventre me propulse au sol et ce sont ses pieds qui viennent prendre le relais. Il porte une cagoule, je ne comprends pas ce qu'il me veut !

Je n'ai pas le temps de me poser plus de questions qu'un coup à la tête m'assomme.

Un bruit métallique perce à travers la brume qui encombre mon cerveau. J'essaie de bouger, sauf que tout mon corps est douloureux. Il faut que j'arrive à me redresser, c'est à ce moment que je comprends que je suis assis sur une chaise, mes mains attachées dans mon dos.

Que se passe-t-il ? Malgré la migraine qui s'impose dans ma tête, je la relève et tombe sur des yeux noirs perçants. Ce type ! Ce connard qui a rendu la vie d'Ambre impossible se trouve face à moi ! Et je suis dans l'incapacité de faire le moindre mouvement pour le faire payer.

— Enfin, tu te réveilles, j'ai failli attendre !

Il frappe le sol avec une barre en fer. Mes mâchoires se serrent, il faut absolument que je trouve un moyen de me libérer.

J'observe les alentours, nous sommes dans un genre de cave. Nous ne sommes que tous les deux. Est-ce lui qui m'a agressé dans la ruelle ?

Il attrape soudain mes cheveux pour pencher ma tête en arrière.

— Alors comme ça tu penses qu'Ambre est à toi ? J'ai vu la manière dont tu la tenais contre toi…

J'ai envie de lui cracher à la gueule, pour qui se prend-il ? Évidemment qu'elle m'appartient !

— Je ne le crois pas, c'est une certitude.

La rage se peint sur son visage et la barre qu'il tient entre les mains vient me frapper l'estomac. Le coup est tellement fort que je bascule à la renverse. J'essaie de ne rien montrer, mais la douleur est si intense que ma vue se brouille.

Greg se penche au-dessus de moi, content de lui.

— Tu disais ?

Je serre ma mâchoire pour ne pas lui répondre, il n'attend que ça. Je tente de me dégager de la chaise, mais rien n'y fait.

— Elle est bonne hein ? Sa petite chatte étroite, c'est un délice, je m'en souviens comme si c'était hier.

Je m'acharne sur les cordes qui entravent mes poignets, je vais le tuer, il le faut ! Sauf que je reste prisonnier.

— Je n'y ai pas cru quand on m'a annoncé qu'elle était ici. Quand elle s'est barrée, je l'ai cherché, mais cette pute s'est bien planquée. Je l'ai retrouvée lorsqu'elle a massacré un de mes revendeurs. Cette petite salope lui a fait sa fête. Je dois dire que j'étais assez fier d'elle. Je ne la pensais que bonne à baiser, mais elle a de la ressource… Sauf qu'il a fallu qu'elle se barre de l'hôpital où on l'a enfermé.

Je grogne, je ne supporte plus de l'entendre parler d'elle de cette façon, comme si elle n'était qu'un objet qu'on utilise ! J'enfonce mes ongles dans ma paume, il ne faut pas que je sois trop amoché si je veux pouvoir me défendre.

— Heureusement que j'avais de l'aide à l'intérieur de l'établissement. Je connais du monde, tu sais...

Soudain, la porte s'ouvre et je pose mon regard sur le nouvel arrivant. Maxime, fier de lui, s'avance jusqu'à moi.

Greg me redresse de force et malgré mes côtes douloureuses, je fais face aux deux hommes. Nous nous affrontons du regard avec Maxime alors que son pote reste derrière moi.

Je vais tuer Maxime et ensuite ce sera au tour de Greg ! Ce dernier attrape la corde autour de mes poignets et défait le nœud, me libérant. Maxime écarquille les yeux en le voyant faire.

— Qu'est-ce que tu fous ? On avait un marché ! hurle-t-il. Je devais te l'amener pour que tu te venges de sa relation avec Ambre ! J'ai pris des risques à me battre avec lui dans la rue en plein jour !

Je finis de me libérer avant de m'approcher de Maxime qui recule aussitôt. Sauf qu'il n'a nulle part où se cacher !

Greg ricane, fier de son petit effet.

— Tout est de ta faute Max... Qui me l'a enlevée ce fameux soir il y a huit ans ? Qui l'a foutue dans un centre de désintox ? Hein connard, dis-moi qui ? Elle m'appartenait, était sous mes ordres ! Les types qui la baisaient me payaient très cher et c'est toi qui as tout foutu en l'air ! Tu m'as volé ma femme et celle qui me rapportait le plus de fric, tu pensais vraiment pouvoir t'en sortir aussi facilement ?

Maxime est apeuré, son regard passe de moi à Greg sans comprendre ce qui lui tombe dessus. Il réalise enfin qu'il s'est fait enfler.

— Tu... Tu devais te débarrasser de lui ! Tu me l'avais promis ! Il a foutu ma vie en l'air !

— Tu ne peux pas savoir comme j'étais heureux que ma petite mise en scène ait fonctionné. Il a suffi d'un mot griffonné posé sur ton pare-brise avec mon numéro de téléphone au bon moment pour que tu rappliques comme le toutou que tu es. Ça a été si simple de te faire arriver jusqu'à moi que je n'en croyais pas mes yeux et pourtant tu es là. Sauf que je dois t'avouer une petite chose. J'ai fait une autre promesse bien avant qu'Ambre ne réapparaisse. C'est une pure coïncidence qu'elle se retrouve dans ce centre. Assez agréable je dois dire, les deux personnes qui occupent mon esprit depuis des années qui se retrouvent exactement au même endroit. Même dans mes rêves je n'y aurais jamais cru !

— Qu'est-ce...

Greg se met à rire en faisant cogner sa barre de fer au sol.

— Toi aussi je t'ai surveillé longuement... Tu pensais vraiment que j'allais laisser le connard qui avait emporté mon Ambre s'en sortir aussi facilement ? Le quartier où tu te trouvais est mon fief, tout le monde me connaît et je n'ai eu aucun mal à trouver ton nom. Ce jour-là tu aurais mieux fait de rester tranquillement chez toi ! On a cherché cette pute pendant des heures jusqu'à ce que quelqu'un me raconte que tu l'avais emmené avec toi. Tu as été malin de l'emmener dans l'hôpital où tu bossais, je ne l'ai su que des mois plus tard. J'étais sur le point de mettre la main sur vous deux quand je me suis retrouvé en taule. J'avais tout de même des hommes qui te surveillaient, c'est comme ça que j'ai découvert que tu t'étais barré à l'autre bout de la France. Je ne suis sorti qu'il y a peu de temps, mais j'ai tout préparé pour qu'à mon arrivé ici. J'ai des personnes infiltrées qui n'attendaient que mes ordres pour agir. Tu sais que tu as un beau-frère très intéressant... (Je me redresse et le fusille du regard alors que Maxime est blême.) Je surveillais le personnel de l'établissement et quand on m'a rapporté que tu t'étais entiché de la sœur de l'un d'entre eux, j'ai sauté sur l'occasion.

Lors de ma descente aux enfers après le décès de mon père, je traînais souvent dans le même bar. Ce que je ne savais pas c'est qu'il était mal fréquenté. L'établissement appartenait à une des connaissances de Greg. Me rappeler tout ça, augmente la rage qui coule dans mes veines.

— Il avait une faiblesse que j'ai su exploiter à mon avantage : la belle Charlotte... Un de mes amis a tenté de le convaincre de nous suivre de son plein gré sauf qu'il est difficile à manipuler. Nous avons dû menacer d'égorger ta femme avant qu'il ne coopère. Il faut savoir motiver ses troupes.

Je ne peux m'empêcher de grogner en me souvenant de tout ça. Même si à cette époque, je n'étais pas en pleine possession de mes moyens, je me souviens de tout très clairement. C'est peu de temps après qu'est survenu mon accident.

Maxime cligne des yeux, ne comprenant pas où il veut en venir. Il ne se doute de rien et pourtant, beaucoup de choses se sont jouées dans son dos. Il y a certaines choses que je n'ai apprises que très récemment. Le plan de Greg est bien plus élaboré que je ne le pensais quand j'ai reçu une lettre le jour même de l'arrivée d'Ambre, m'indiquant que je devais garder un œil sur elle, la protéger des autres et d'elle-même et tout faire pour qu'elle ne s'approche d'aucun homme. J'ai essayé de la tenir à distance, mais c'était perdu d'avance. Les sentiments ne se contrôlent pas, je n'ai pas pu lui résister. Quand je repense à tout ce que j'ai fait, je me hais.

— Et puis il n'était pas seul, j'ai une autre alliée de poids, qui se débrouillait pour brouiller les pistes. Tu la connais non ? Rebeca...

C'est le coup de grâce pour Maxime. J'ai essayé d'en savoir plus sur son rôle, mais elle n'a jamais rien voulu me dire. J'étais prévenu qu'elle était impliquée, mais ne savais rien de sa mission. Au début, elle était terrorisée. Greg a menacé ses parents et elle était perdue entre son rôle de soignante et sa famille. Mais elle a fini par s'y faire. Son comportement avec Ambre à son arrivée était à la fois dû à ce qui pesait au-dessus de la tête de ses parents, mais aussi pour son rapprochement avec Maxime. Elle est amoureuse de lui depuis bien longtemps sauf qu'il n'a jamais eu l'intention de quitter ma sœur pour elle. Elle tenait une petite vengeance.

— Quoi ? Je ne comprends pas ! souffle Maxime, sous le choc.

— C'est simple pourtant. Jared et Rebeca étaient mes espions... Ils ont suivi mes ordres pour te détruire. Rebeca modifiait le traitement de ma petite Ambre pour lui provoquer des crises. Elle va maintenant le lui redonner pour qu'elle sorte au plus vite et que je puisse enfin récupérer mon bien.

Maxime me fixe, il cherche à ce que je démente tout ça, mais ce n'est pas possible. Savoir ce qu'a fait Rebeca me dégoûte. Je n'avais aucune information sur la pathologie d'Ambre. Sans Elias, je ne le saurais peut-être pas à l'heure actuelle. Je serre mes poings en enfonçant mes ongles dans mes mains pour éviter de les balancer. Je dois attendre le bon moment.

Je me suis fait embarquer dans cette histoire bien malgré moi. Mais je devais protéger Charlotte avant tout. Les choses ont changé depuis, une autre personne est entrée dans mon cœur et je ferais tout ce qu'il faut pour elle. J'ai fait des erreurs impardonnables, mais je ne continuerais plus. J'ai déjà abandonné cette mission il y a plusieurs jours. À partir du moment où je me suis rendu compte de mes sentiments, je ne pouvais plus me jouer d'elle.

Maxime est abasourdi alors qu'il se pose contre le mur derrière lui.

— Maintenant que ta vie est foutue, il ne reste plus qu'une chose qui me rendrait heureux, lance Greg en me tendant la barre en fer.

Maxime a les yeux exorbités.

— On peut s'arranger, je peux encore vous servir ! tente ce dernier.

Sauf qu'il a violé la femme que j'aime ! Il a abusé d'elle alors qu'elle est faible, c'est inacceptable et il va le regretter. Toutes ces révélations font grimper la tension en moi et je suis prêt à exploser.

— Ne t'inquiète pas, ce n'est pas aujourd'hui que tu vas quitter cette terre, ricane Greg. Tu l'empêches juste de marcher, m'enjoint-il en se tournant vers moi.

Je ne suis pas violent, mais à cet instant, c'est comme si je devenais quelqu'un d'autre.

— Non Jared, je t'en supplie !

— Tu as fait du mal à Ambre… Jamais tu n'aurais dû…

Sans réfléchir, je balance la barre dans son ventre et il se plie en deux sous le choc. Je n'attends pas pour lui frapper le dos et il s'effondre aussitôt face contre terre. Mon souffle est court, je sais que je suis en train de faire quelque chose de mal, que je dois arrêter ça, pourtant, c'est comme si un voile embrumait mon cerveau.

Je relève la barre et frappe encore et encore sur son dos avec toute la force qu'il me reste. Je n'entends pas ses cris, je suis dans une bulle où seule la vengeance compte.

Une main sur mon bras me stoppe soudain et je réalise ce que j'ai fait. Du sang est éparpillé partout au sol. Ma respiration est faible, j'ai du mal à remplir mes poumons.

— Ça suffit, je veux qu'il vive. Que la douleur lui donne envie de mourir, mais qu'il soit bloqué dans un fauteuil, incapable de bouger.

La barre entre les mains, je me sens surpuissant et ne souhaite plus qu'une chose, me débarrasser de Greg. Il menace ma sœur et veut reprendre la vie d'Ambre, il en est hors de question.

Greg me regarde suspicieux et tend la main pour que je lui rende l'arme, sauf que c'est ma seule chance. Que fera-t-il de moi maintenant ? Je ne suis plus dans le centre et ne peux plus rien faire.

Des coups à la porte attirent notre attention, mais je ne peux pas le laisser gagner. C'est comme si mes membres avaient une volonté propre. Mon bras tend la barre et frappe Greg à la tête si violemment que du sang gicle et qu'il s'effondre comme une poupée. C'était si simple... Il n'a pas eu le temps d'esquisser le moindre mouvement avant de tomber, sauf que la culpabilité de mon geste s'empare de mon être tout entier. Qu'ai-je fait ? Comment en suis-je arrivé là ?

De nouveaux coups me font réaliser que je ne suis pas dans un cauchemar, que tout ça est bien réel. Deux hommes sont à terre alors que je tiens l'arme de mes crimes entre les mains. Comment vais-je me sortir de ce merdier ?

Chapitre 17

Ambre

— Ambre, réveille-toi !

Je cligne des yeux pour m'adapter à la faible luminosité qui règne dans la pièce.

Rebeca est accroupie près de moi. Ses yeux brillent alors qu'elle se relève.

— Il faut que tu te lèves, c'est urgent.

J'observe le reste de la pièce et ne comprends pas ce qui lui arrive. Il fait nuit, que puis-je faire hors de ma chambre à cette heure-ci ?

Je me frotte les yeux et passe une jambe en dehors de mon lit. Rebeca se tord les mains, elle paraît nerveuse.

— Que se passe-t-il ?

— Je ne peux pas t'expliquer, il faut que tu le voies.

Je fronce les sourcils, ça ne me plaît pas. Même si notre relation va mieux, je n'ai jamais vraiment eu confiance en elle.

Je remets ma tenue en place et m'avance. Rebeca ouvre la porte avant de se pencher pour être sûre que personne ne se trouve dans le couloir. Je n'aime pas son comportement, elle est vraiment bizarre.

— Viens ! chuchote-t-elle.

Je fais ce qu'elle me dit, trop curieuse de savoir ce qu'elle me cache. Nous avançons doucement et en silence jusqu'au couloir qui je le sais, mène aux vestiaires. C'est là que Jared m'a parlé de son père... Mon cœur s'emballe, se trouve-t-il ici ? Derrière cette porte ? C'est comme si je pouvais le sentir. J'ai envie de pousser Rebeca pour aller plus vite, mais c'est elle qui a le badge pour ouvrir.

Elle le passe dans le boîtier et je perds patience. Je la pousse sans cérémonie.

Malheureusement, la vue qui s'offre à moi me stoppe net.

Jared est assis sur le banc, le visage rempli de bleus et les vêtements troués.

Je me précipite vers l'homme que j'aime et m'agenouille devant lui.

J'attrape son visage en prenant garde à ne pas lui faire mal. Du sang parsème son sweat, ainsi que ses mains. Que s'est-il passé ? Une angoisse grimpe en moi.

— Jared...

C'est comme si ma voix le sortait de sa torpeur et il agrippe mes mains en les serrant fort. Que lui est-il arrivé ?

— Ambre ! lance-t-il suppliant.

— Je suis là mon amour, je suis là.

Je relève les yeux pour tenter de comprendre la situation, mais Elias est fuyant alors que Rebeca est prostrée contre la porte.

J'ai besoin de réponses, je ne peux pas rester dans l'ignorance.

— Jared, raconte-moi…, tenté-je.

— Je ne peux pas. Tu ne dois pas savoir. Je t'aime Ambre, je t'aime tellement, je t'en supplie crois-moi !

Je ne comprends rien de ce qu'il raconte, bien sûr que je le crois, j'ai confiance en lui.

— Qui t'a fait ça ?

Elias se met à faire les cent pas, me stressant davantage.

— Tu es libre, plus personne ne te fera de mal. Je devais te protéger, je ne pouvais pas le laisser faire.

Soudain, il me relâche et évite mon regard. Sauf que je ne peux pas le laisser me fuir, pas maintenant, je sens que c'est trop important.

— Explique-moi Jared, je ne comprends rien

— Je… Ils sont… Le sang partout… Qu'est-ce que j'ai fait ?

Je ne l'ai jamais vu aussi perturbé et désespéré. Ma main passe sur son visage alors qu'une larme dévale sa joue. J'essaie de remettre mes idées en place, je dois réfléchir ! Il est sorti d'ici, qu'a-t-il bien pu faire ? A-t-il retrouvé Maxime ? C'est de ça qu'il parlait en me disant libre ?

— Il faut que tu te laves Jared, dit Elias, coupant court à mes réflexions.

Il a raison, il est dans un piteux état. Je me relève alors que ce dernier attrape ma main pour la porter à ses lèvres.

— Je t'aime Ambre, je t'aime plus que tout... J'aurais du tout arrêter...

Rebeca s'avance tout à coup et se plante à côté de nous. Elle lance un regard à Jared et une jalousie malsaine s'empare de moi. Que veut-elle ? Ce n'est pas le moment pour nous montrer qu'elle existe !

— Je l'accompagne dans les douches du personnel, si quelqu'un te remarque dans les couloirs, tu vas avoir des ennuis.

Je fronce les sourcils en la pulvérisant du regard.

— Et qu'est-ce que je risque ? Elias est ici, c'est lui qui décide de tout ! Tu crois vraiment que je vais te laisser seule avec Jared ? Tu me prends pour qui ? Il est à moi, il m'appartient et je ne te laisserais pas poser tes sales pattes dessus !

Je me suis avancée vers elle durant ma réplique et nous nous trouvons nez à nez.

— Ambre, il faut que je te parle, souffle Elias.

Je reporte mon attention sur Jared qui a l'air ravagé de chagrin. Je n'ai aucune envie de le laisser seul, il a toujours été présent pour moi et je ne peux pas me résoudre à ce qu'une autre femme pose ses mains sur lui. Sauf qu'Elias me supplie du regard.

— D'accord, mais nous vous rejoignons dès que nous avons fini !

Rebeca acquiesce d'un signe de tête et ouvre la porte. Jared la suit d'un pas mal assuré. Le voir comme ça, me retourne l'estomac. Je ne supporte pas l'état dans lequel il se trouve, car je ne sais pas comment l'en faire sortir.

Une fois la porte refermée, je croise les bras et laisse échapper un sanglot. L'homme que j'aime à l'air détruit, je ne peux pas le supporter.

Elias m'entoure de ses bras de longues secondes, jusqu'à ce que je réussisse à me calmer. Il nous fait asseoir sur le banc avant de prendre la parole.

— Quand tu es venue dans mon bureau, je suis tout de suite parti. Le seul endroit où je pouvais le trouver était chez lui, sauf qu'en remontant la rue, j'ai vu une bagarre. J'étais trop loin pour en être sûr, mais mon instinct m'a dit de les suivre. Ils ne sont pas allés très loin, dans un immeuble attenant. J'ai attendu et je n'étais même pas certain que c'était lui. Comment me serais-je justifié dans le cas contraire ? (Il tire sur ses cheveux, nerveux.) Après une longue hésitation, j'ai fini par appuyer sur tous les boutons pour que quelqu'un ouvre la porte. J'ai réussi à entrer, sauf que je n'avais aucune idée de l'endroit où ils se trouvaient. J'ai fait tous les étages pour finir à la cave. Quand la porte s'est ouverte, Jared me faisait face, dans l'état dans lequel tu l'as vu. Maxime et un autre type étaient au sol. Je n'ai pas pris le temps de vérifier s'ils étaient en vie, j'ai attrapé Jared et je l'ai conduit ici. Il n'a rien dit durant tout le trajet, je ne sais pas ce qu'il s'est passé.

Mon cœur s'emballe, s'affole, il s'en est pris à Maxime et... Et s'il avait aussi trouvé Greg ? Une boule obstrue ma gorge, je m'étouffe. Un frisson me parcourt, est-il possible que je sois réellement libérée d'eux ? Qu'ils ne viennent plus jamais me faire de mal ? Mais comment Jared a-t-il pu les retrouver ? Greg ne se laisserait pas faire aussi facilement !

— Ambre, respire !

J'avale ma salive, pour tenter de débloquer ma gorge.

— Il va avoir des ennuis…, soufflé-je.

Elias se frotte le visage avant de faire quelques pas, la tension est palpable.

— J'ai récupéré la barre en fer qu'il tenait dans les mains pour ne pas laisser une arme avec ses empreintes, ainsi que son sac, mais je n'ai pas pris plus de temps pour examiner la pièce. La seule chose que je voulais, c'était nous faire déguerpir de là au plus vite.

— Et s'ils sont morts ? Où s'ils se réveillent et qu'ils l'accusent ?

Ma poitrine se sert à m'en faire mal. Je ne peux pas imaginer Jared derrière les barreaux ! C'est impensable ! Il a voulu me sauver, il ne peut pas payer aussi cher, il ne le mérite pas.

— Je ne sais pas Ambre, je ne sais pas quoi te dire ni ce qui va se passer maintenant. Il faut qu'il parte.

Cette affirmation me transperce de part en part. Il doit me quitter ! Je suis libre, mais je serais seule. C'est le prix à payer. Mes larmes brouillent ma vue, Elias a raison. Il doit partir faire son tour du monde et ne jamais revenir. Je m'étais pourtant déjà convaincu que c'était la meilleure chose à faire, sauf que là c'est concret. D'ici quelques heures, tout au plus, il disparaîtra de ma vie.

— Je dois le voir, profiter une dernière fois de ses bras.

Elias hoche la tête et me conduit aux douches. Nous prenons garde à ce que le couloir soit désertique jusqu'à arriver devant la porte. Je me presse à entrer.

Rebeca est assise sur une chaise alors que les vêtements de Jared sont éparpillés au sol. L'a-t-elle vu nu ? Ma colère dépasse tout autre sentiment, j'ai besoin d'évacuer un peu de mon désarroi face à la situation.

— Où est-il ?

Elle m'indique la dernière cabine au fond de la pièce.

Avant de m'y diriger, je m'approche d'elle.

— C'était la dernière fois que tu posais ton regard sur lui. Tu as peut être eu une aventure avec, je n'en sais rien, mais c'est terminé alors n'en espère pas plus !

— Je n'ai rien fait Ambre et puis, ce n'est pas la première fois que je le vois dans le plus simple appareil.

Sans y réfléchir, je me jette sur elle. Je lance mes poings sauf que je suis arrêtée par une main autour de ma taille et suis soulevée de terre alors qu'Elias m'emmène jusqu'à Jared.

— Ambre, il a plus besoin que tu l'aides, que tu te battes avec elle.

Mon corps se détend, il a raison. Je perds le peu de temps qu'il nous reste inutilement.

Je passe mon tee-shirt au-dessus de ma tête et me dépêche d'enlever le reste de mes vêtements avant d'entrer dans la douche. J'aperçois un éclair mauvais dans le regard de Rebeca, mais je lui offre mon plus beau sourire hypocrite en refermant la porte derrière moi.

Je suis surprise par Jared qui me fait face. Ses yeux s'accrochent aux miens, je n'ai pas envie de le laisser filer.

L'eau coule sur sa tête et ses épaules, effaçant ce qui s'est passé. Je m'approche en tendant la main, j'ai besoin de son contact, besoin de savoir que ça va aller. Que malgré ces évènements, nos sentiments sont intacts. Je ne pourrais jamais assez le remercier pour ce qu'il a fait. Il est mon sauveur, le seul et unique.

Alors que je ne m'y attends pas, il attrape mon bras et me plaque contre le mur. Je m'agrippe à ses épaules pour ne pas vaciller alors qu'il soulève mes jambes, me faisant entourer sa taille. Sa bouche fond sur la mienne, je le laisse prendre tout ce qu'il veut de moi. Il est mon tout, mon amour, le seul homme pour qui je donnerais ma vie.

Nos langues se cherchent, se mélangent dans une danse endiablée. Ses doigts viennent titiller la pointe de mes seins, électrisant mon corps. C'est si bon d'être aussi proche, de sentir sa peau contre la mienne.

Tout à coup, son membre me pénètre brutalement. Je ne peux retenir un gémissement de douleur, mais qui est vite remplacé par beaucoup d'autres, d'extase. Ses coups de reins puissants me font planer, me mènent petit à petit vers un plaisir sans nom.

Mes ongles s'incrustent dans ses épaules, alors qu'il tient fermement mes fesses et qu'il me prend plus durement. Je sens mon orgasme monter en moi alors que mes membres se mettent à trembler selon leur propre volonté.

Jared grogne mon nom lorsque dans un dernier assaut, nous explosons sous la jouissance. Je m'envole, à cet instant, je me sens libre et en paix.

Nous reprenons petit à petit le contrôle de nos corps avant qu'il ne me repose au sol.

Malgré ce bien-être, je ne peux pas oublier la réalité.

— Il faut que tu partes Jared.

Il détourne le regard avant de frapper le mur. Je ne supporte pas de le voir aussi en colère et tente de l'arrêter en agrippant son bras. Mais il se dégage violemment, me faisant me cogner contre la porte. Je me rattrape comme je peux pour ne pas tomber au sol.

— C'est fini Ambre, terminé. Je ne peux plus continuer à te mentir. Je travaille pour Greg depuis le début. (Je cligne des yeux, ne comprenant pas.) Je devais te surveiller, faire en sorte que tu sois en sécurité jusqu'à ta sortie pour qu'il te récupère et profiter à nouveau de toi. (Je secoue la tête, c'est impossible, c'est une blague.) Et tes médicaments étaient mal dosés pour que tu fasses des crises. Le truc que je n'avais pas prévu c'est que je m'accroche autant à toi, mais je ne peux plus continuer. J'ai fait ce que j'avais à faire pour te libérer de ce calvaire, c'était mon seul but.

Ses paroles ont du mal à entrer dans ma tête, il connaissait Greg, il m'a rendue folle ! Il m'a fait croire à ses sentiments alors qu'il n'en était rien ! Je porte une main à ma bouche pour retenir mes sanglots. Le choc me fait tanguer. Je me sens mal, très mal ! Mon cœur se brise, sauf que cette fois est pire que toutes les autres. Je lui faisais confiance alors que depuis le début il joue avec moi.

Je me retourne et agrippe la poignée. Elle me résiste, mais je finis par ouvrir cette porte et sans un regard en arrière, je cours. Je dépasse Elias et Rebeca qui me regarde sans comprendre et file à travers les couloirs pour rejoindre ma chambre. Il m'a eu et Greg aussi. Ce dernier voulait me détruire, il a réussi. Je ne suis plus rien, plus personne, juste un corps sans vie. Un boulet dont personne ne veut, alors à quoi bon ? Je me bats pour m'en sortir, mais on ne fait que me rabaisser plus bas que terre. Je ne sais plus où j'en suis, ni quoi faire. Mon monde s'écroule une nouvelle fois, à croire que c'est ma destinée.

Chaque personne qui réussit à m'atteindre se met en quatre pour pulvériser mon cœur et mon âme, sauf que cette fois, jamais je ne pourrais m'en remettre.

Chapitre 18

Jared

Alors que je la repose au sol après m'être enfouie en elle, je ne supporte plus de lui cacher ce qui se passe depuis des semaines. Mes sentiments sont si profonds pour elle, que je ne peux plus la regarder en face sans tout lui dire.

Je sais qu'elle me déteste, elle doit même chercher le meilleur moyen de se débarrasser de moi, mais les mensonges ont assez duré.

Aucune parole ne sort de sa bouche, elle est effondrée, je le vois, mais tente de faire bonne figure.

Elle s'acharne sur la poignée de la porte avant de trouver enfin la libération qu'elle attend.

Rebeca m'a suppliée de me taire, qu'elle aussi regrettait d'avoir agi de la sorte, sauf que c'est impossible et trop tard. Mes paroles sont sorties toutes seules.

J'éteins l'eau qui coule toujours et sors. Rebeca baisse les yeux, alors qu'Elias me fixe, si énervé, que je sens qu'il se retient de m'en coller une. Ils ont dû tout entendre…

— C'est quoi ce bordel ? gronde-t-il.

Je m'affale sur un banc, mes jambes ne me supportent plus. Je suis en miette, détruit de l'intérieur et bordel, ça fait mal. Ambre est mon tout, sauf que je viens de la perdre à jamais. Elle ne me le pardonnera pas, pas cette fois !

— Tu vas tout m'expliquer dans les moindres détails. Tu es mon ami Jared, mais ce que tu lui as dit... Putain, je n'y crois pas ! Tu étais de mèche avec son ex ! Celui qui lui a fait vivre un enfer ! Tu te rends compte ?

Évidemment que je le sais.

— Il menaçait Charlotte ! tenté-je de m'expliquer.

Elias arrête de marcher pour venir me faire face.

— Tu ne pouvais pas m'en parler ? Je suis quoi pour toi ? Je te soutiens depuis le début, j'essaie de réparer tes conneries. Je te défends devant Maxime, au risque de perdre ma place. J'essaie de tout faire pour qu'avec Ambre, ça fonctionne. Je te fais sortir le plus tôt possible parce que je sais que tu étouffes ici, et c'est comme ça que tu me remercies ? En me laissant loin de tes problèmes, en me cachant une chose essentielle !

J'ai honte car il a tout à fait raison. J'aurais dû lui en parler, avoir un soutien, mais je me sentais plus fort que ça, capable de gérer les choses seul. Je me leurrais et voilà où j'en suis aujourd'hui. Deux hommes sont dans un état que je ne préfère pas imaginer, par ma faute. Ma sœur va avoir un enfant seule et Ambre me déteste au plus haut point.

— J'ai besoin d'air, en attendant, tu ne bouges pas d'ici !

J'acquiesce d'un signe de tête. De toute façon, je suis totalement paumé et ne vois pas ce que je peux faire d'autre.

Alors qu'Elias quitte la pièce, Rebeca me donne mes vêtements.

—Il te pardonnera... Il te considère comme son frère, il a juste besoin de temps pour réaliser ce que tu as fait.

— Ce que nous avons fait, lui rappelé-je.

J'ai tenu ma langue à propos d'elle, mais il ne faut pas qu'elle oublie qu'elle est aussi fautive que moi. Greg est une ordure, dans le fond, j'espère qu'il est mort. Il mérite le pire des sorts.

En attendant, il faut que je retrouve Ambre. J'ai peur qu'elle fasse une bêtise. Je sais que mon annonce a dû la déstabiliser et l'énerver au plus haut point, mais je ne peux pas la laisser dans cet état. J'ai tous les torts, je les assume. Je ne suis pas fou, je sais qu'elle ne me le pardonnera pas aussi facilement, mais je veux m'assurer qu'elle ne se fera pas de mal. La trouver une fois au bord de l'arrêt cardiaque était trop difficile pour que ça recommence. Elle ne doit pas mettre sa vie en jeu pour moi, je n'en vaux pas la peine.

Rebeca continue de jacter, mais je ne l'écoute plus. Mes pensées sont totalement focalisées sur Ambre.

Je m'habille en vitesse avant de m'avancer vers la porte, sauf que Rebeca attrape mon bras.

— Où vas-tu ? Tu dois rester ici le temps qu'Elias revienne.

Je commence à en avoir assez. Elle s'était pourtant calmée depuis quelque temps, est-ce la jalousie d'Ambre qui l'a réveillée ?

Je me dégage et la regarde de haut, il ne faut pas trop qu'elle me cherche, je ne suis pas d'humeur. Elle n'a jamais été plus qu'une partie de jambe en l'air. J'ai des besoins, elle était là pour les combler, ça en reste là.

Je la fixe, je sens que c'est la dernière fois que nous avons l'occasion de parler et je dois mettre tout à plat, or il y a des questions qui tournent dans ma tête depuis quelque temps.

— Tu n'as pas mis de pilule ou de ciseaux dans la chambre d'Ambre ?

— Bien sûr que non ! Ce sont ces crises qui la faisaient halluciner. Tu penses vraiment que j'aurais pu aller jusque-là ?

J'y ai pensé, même si j'espérais que sa raison prenne le dessus sur ses actions.

— Je ne suis pas si méchante. Je n'aurais rien fait pour mettre sa vie en danger.

— Parce que modifier les médicaments qu'elle ingurgite ce n'est rien ? Tu savais très bien que ses crises pouvaient être violentes ! J'ai douté d'elle par ta faute !

Je ne supporte plus sa présence, j'en ai assez, je perds mon temps avec elle.

Elle croise ses bras en se postant devant la porte, comme si elle pouvait m'empêcher de passer…

— Dégage où je vais te virer moi-même. Ma patience est épuisée pour aujourd'hui.

— Et que vas tu vas me faire ? Tu vas me tuer moi aussi ?

Je serre la mâchoire, elle cherche à ce que je m'énerve, c'est clair, mais je ne lui ferais pas ce plaisir. Me rappeler ce qui s'est passé plus tôt, n'est vraiment pas du meilleur goût.

Je m'approche d'elle jusqu'à ce que nos chaussures se touchent.

— Je pourrais aussi te dénoncer à Elias... Une infirmière qui trafique les traitements de ses patients... Tu penses qu'il réagirait comment ?

C'est ce moment que choisit la porte pour s'ouvrir avec un Elias rouge de colère.

Bon, une affaire de régler. Rebeca se retourne vivement le regard exorbité.

— Je n'ai rien fait ! Je te le jure, on m'a forcé ! tente-t-elle de se justifier.

— Tu as dix minutes pour prendre toutes tes affaires et déguerpir.

Voilà qu'elle se met à chialer comme une gamine, un peu plus et elle me ferait pitié. Sauf que je n'en ai rien à faire, la seule qui m'importe est partie je ne sais où.

Alors que les deux sont en pleine discussion, je me faufile le plus discrètement possible par la porte restée ouverte et me mets à courir une fois dans le couloir. J'ai l'impression d'être en cavale, quoique c'est un peu le cas... Mes mains tremblent rien que d'y repenser. Je voulais en finir avec eux, c'est une certitude, mais de là à les laisser inconscients, je ne me reconnais pas.

C'est comme si à cet instant, j'avais été possédé. Tout s'est passé trop vite.

J'arrive dans le couloir des chambres et fonce directement vers la sienne. Par chance, personne n'y traîne. J'ouvre sa porte et vérifie toute la pièce, qui est vide. Dépité, je retourne dans le couloir et poussé par mon instinct, j'avance vers mon ancienne demeure et c'est là que je la trouve, allongée sur le lit.

Je n'ose avancer, elle me veut sûrement mort et très loin d'elle.

— Va-t'en !

— Ambre...

Je veux tellement la rejoindre, l'enlacer, m'excuser encore et encore, mais qu'est-ce que ça changerait ?

— Je ne veux plus jamais te voir, souffle-t-elle.

— Je t'aime réellement, n'en doute jamais.

Un rire sinistre perce le silence.

— Je ne sais même pas si tu as été sincère une seule fois avec moi. Pourquoi m'as-tu fait ça Jared ? Qu'est-ce que j'ai fait pour mériter cet acharnement ?

Cette fois c'est trop, je ne peux pas rester en place. J'avance jusqu'à me trouver près d'elle.

— Je suis tellement désolé. Je voulais protéger ma sœur. Je sais que ça n'excuse en rien mes agissements. J'aurais dû arrêter quand j'avais des doutes sur ce que j'éprouvais pour toi, mais je ne peux pas revenir en arrière. Je ne suis pas l'homme qu'il te faut. Je n'ai rien à t'apporter de bien, alors que tu mérites le meilleur.

— Je ne voulais pas un homme parfait, juste toi.

La porte s'ouvre d'un coup nous coupant dans notre discussion, certainement la plus importante que nous n'aurons jamais.

— Jared, je peux te parler ? demande Elias.

Je fixe Ambre qui hoche simplement la tête. Je n'ai pas envie de la laisser, mais je sais que j'ai des choses à régler et assez rapidement.

— Je reviens.

Je me dépêche de rejoindre Elias, puis il nous fait entrer dans la chambre d'Ambre, pour être à l'abri d'oreilles indiscrètes.

— Il faut que tu partes Jared. Si quelqu'un t'a vu ou si tu as laissé ton ADN là-bas… Imagines que l'un deux se réveille et te dénonce aux flics. Tu ne peux pas prendre ce risque. Je n'y crois pas de dire ça, mais pars faire ton tour du monde loin d'ici.

Il a raison, je ne peux pas rester tranquillement chez moi. Je mérite d'aller en prison, mais il est clair que la liberté est bien mieux. Je viens tout juste de la retrouver, ça serait dommage de la perdre aussi vite. Il y a juste un détail qui ne me plaît pas.

— Je ne peux pas laisser Charlotte.

Mon ami se passe une main dans les cheveux avant de souffler :

— Je peux l'accueillir.

Je fronce les sourcils. Je ne suis pas très fan de cette solution, car je serais loin et ne pourrais pas veiller sur elle. Mais qu'elle soit avec lui me rassurerait. De toute manière, je ne peux pas faire autrement que la laisser ici. Elle va bientôt être maman et doit avoir un environnement stable.

— OK. Mais tu as intérêt à bien t'occuper d'elle !

Il hoche la tête.

— Évidemment. Je ferais tout mon possible pour l'aider.

Je ne sais pas comment le remercier pour tout ce qu'il fait. Il me reste fidèle malgré les emmerdes que j'ai et malgré mes conneries.

Le plus dur maintenant va être de dire au revoir à Ambre. Et encore plus dans ces conditions. Elle m'en veut et n'est sûrement pas prête à me pardonner, sauf qu'une fois que je serais à l'autre bout du monde, je ne pourrais plus rien faire pour elle.

— Je veillerais aussi sur elle. (Je relève la tête et remarque qu'Elias me dévisage.) Tu l'aimes vraiment…

Il n'y a aucun doute à avoir sur mes sentiments. Elle est l'amour de ma vie, et je dois mettre un terme à cette relation. Mon cœur se serre, mais je n'ai pas d'autre choix.

— Il faut que je la voie une dernière fois.

Elias hoche la tête et je ne perds pas de temps pour la rejoindre.

Ambre n'a pas bougé. Elle est toujours dans mon lit, son nez collé à mon oreiller.

— Je m'en vais, soufflé-je.

Je n'ai pas envie de passer par quatre chemins, même si le dire rend la chose plus réelle. Je ne m'imagine pas sans elle. Nous n'avons passé que quelques semaines ensemble et pourtant, c'est comme si elle avait toujours partagé ma vie.

— Je sais…

Je m'approche et m'agenouille devant elle. Elle me dévisage et j'en fais tout autant. Je veux garder son image imprimée dans mon esprit pour toujours. Son odeur m'enveloppe et j'ai envie de me frotter à elle uniquement pour la sentir encore un peu sur moi. C'est délirant et effrayant. Elle est différente de toutes les autres, elle est exceptionnelle et unique en son genre.

Je me penche et dépose doucement mes lèvres sur les siennes. Ses larmes dévalent ses joues, mais j'essaie de ne pas y penser. Je dois m'en aller, il faut que je garde ça en tête.

Ambre s'accroche à mon sweat pour me garder contre elle alors que nos bouches se possèdent l'une, l'autre. Nos corps sont en symbiose, c'est inexplicable.

Je finis par me reculer et après un dernier baiser, je me relève. Ambre sanglote, arrachant une partie de mon cœur pour la garder en otage.

Elle a été ma plus belle rencontre et sera mon plus grand regret.

— Je t'aime plus que tout Ambre.

— Je t'aime Jared, me répond-elle alors que je passe la porte, refermant un pan de ma vie.

C'est fini, je vais devoir passer à autre chose par la force des choses. J'aimerais revenir en arrière et profiter encore plus d'elle.

Un jour, je la retrouverais, et ce jour-là, je ne la lâcherais plus jamais. Elle m'appartiendra pour toujours, j'en fais le serment.

Sans plus tarder, je sors du centre pour rejoindre mon appartement.

Elias m'y conduit et m'attend en bas alors que je ramasse quelques affaires que je fourre dans un sac, en plus de celui qu'Elias a ramassé quand j'étais dans cette pièce...

Charlotte n'est pas là, alors je lui écris une rapide lettre pour la prévenir que je m'en vais. J'aurais aimé pouvoir discuter avec elle avant, mais j'ai assez perdu de temps. Je n'ai pas envie de la mêler à mes histoires, elle mérite du calme et du repos.

Je fais le tour de l'appartement une dernière fois, comme un adieu et finis par rejoindre Elias.

Nous filons directement jusqu'à l'aéroport. Je n'ai pas vraiment de destination prévue, j'ai envie de me laisser aller. Je prendrais la destination la plus éloignée qui soit. Mon père avait tout prévu et nous a laissé à ma sœur et moi un héritage plutôt conséquent. Je n'ai donc aucune contrainte financière, bien que ce ne soit pas inépuisable.

Elias trouve une place de parking et m'accompagne dans le hall des départs pour l'étranger. Nous avançons jusqu'au tableau signalant les prochaines destinations et celle qui me saute aux yeux est « Calgary » au Canada avec une escale à Amsterdam.

J'en fais part à mon ami qui m'aide à trouver un comptoir de libre pour acheter un billet. L'aéroport grouille de monde. Je n'ai jamais aimé la foule, pourtant je m'y sens bien.

Au bout de longues minutes d'attente, je tiens enfin mon précieux entre mes mains. Le vol va bientôt partir et je n'ai pas le temps de respirer qu'il faut déjà que je passe les bornes de sécurité. Tout va trop vite. Il y a peu j'étais avec Ambre et me voilà prêt à partir à des milliers de kilomètres. Je n'ai même pas le temps de dire ouf et ça me donne un peu le tournis. Je suis à la fois excité par cette nouvelle aventure et triste d'abandonner les gens que j'aime derrière moi.

Je prends Elias dans mes bras, il est celui à qui je confie les deux vies les plus importantes pour moi. Et mon plus fidèle ami.

— Trouve une solution pour nous envoyer de tes nouvelles...

Je n'y manquerais pas, j'aurais besoin de raconter tout ça à quelqu'un.

Après un dernier regard, je passe les portes et m'enfonce dans un couloir qui mène droit à ma nouvelle vie. Les choses sont sur le point de changer et je pense à mon père. Il serait fier que je réalise enfin mon rêve, même si la raison de ce départ précipité est loin d'être glorieuse. J'aurais voulu m'assurer que je me sois bien débarrassé de ces deux hommes, mais si tel est le cas, il ne faut pas que je me retrouve au milieu. Je compte sur Elias pour les protéger dans n'importe quelle situation. C'est un gros poids que je mets sur ses épaules, mais je sais qu'il ne me décevra pas.

Je tends mon billet à une hôtesse avant de m'avancer sur la passerelle. Voilà, c'est fini. C'est comme si ma vie avait été mise entre parenthèses pendant tous ces mois et qu'enfin je revivais, comme si le souffle me revenait. Je m'en vais vers l'inconnu, il le faut. Je dois apprendre à voler de mes propres ailes.

Chapitre 19

Ambre

Huit mois plus tard

— Ambre, tu es prête ?

Je cligne des yeux et me tourne vers Charlotte.

C'est une bonne question et je n'en suis pas convaincue.

Je reporte mon attention sur la vitre qui me fait face. Cet espace que j'ai fait mien, va me manquer. J'y ai passé tellement d'heures depuis que Jared est parti. J'y ai fait des connaissances, peut-être même des amies. Avec Mely, nous avons eu de longues discussions. Mais c'est terminé. Tout s'arrête.

Je prends une grande inspiration et suis Charlotte à travers les couloirs. Ceux-ci ont abrité tant de choses. Mes peines, mes larmes, mais également mes joies et mon plaisir charnel. Je les ai arpentés tant de fois que je les connais sur le bout des doigts.

Je ne pensais pas ressentir ça un jour, mais je suis nostalgique. J'ai conscience que ce n'est pas la vie réelle, qu'autre chose m'attend dehors, mais ce cocon va tout de même me manquer.

Huit mois et deux jours. C'est exactement le temps qui s'est écoulé depuis que Jared a quitté ma vie. Plus ma sortie approche et plus je pense à lui.

Bien sûr, il est inoubliable, mais avec le temps, son odeur a disparu et même son image n'est plus aussi nette dans mon esprit. Je lui en ai tellement voulu pour ces mensonges, son abandon, mais j'ai fini par oublier le mal qu'il m'a fait pour ne retenir que le meilleur. Il m'a donné de l'amour, comme personne.

Je suis restée longtemps enfermée dans sa chambre à ne vouloir voir personne, jusqu'à ce que Mely, malgré tous ses traumatismes viennent me ramener à la réalité. Il fallait que j'accepte son départ et reprenne ma vie en main.

Elias aussi a toujours été là, dans les moments de faiblesse, comme dans ceux où je me suis battue contre moi même. J'ai enfin pris conscience de ma maladie. Ce fut long et douloureux, mais je sais que j'ai un problème. Aujourd'hui, j'ai un traitement qui me permet de vivre normalement.

Charlotte ouvre la porte du vestiaire avant d'aller ouvrir un cadenas et de me tendre le sac qui s'y trouve.

Je l'attrape fébrilement, c'est toute mon existence, tout ce qu'il me reste. Elle m'observe, un grand sourire aux lèvres.

— Tu reprends ta vie.

Oui, et je comprends l'appréhension qu'a pu avoir Jared, ça me terrorise. J'ai effectué plusieurs sorties de quelques heures, mais ça n'a rien à voir avec quitter cet endroit définitivement. J'avais un point d'ancrage, quelque chose qui me stabilisait, et je vais devoir trouver autre chose.

Je fixe Charlotte qui comprend mes doutes.

Ça ne fait que quelques semaines qu'elle a repris son poste dans le centre. Les débuts entre nous ont été compliqués. Elle avait une mauvaise image de moi. J'étais la femme qui avait dénoncé en premier les infidélités de son mari. Mais grâce à Elias, qui nous a forcés à rester dans son bureau seule à seule pour que nous mettions tout à plat, notre relation est devenue très forte. Nous avons un point en commun, un homme qui compte plus que tout autre et qui nous manque chaque jour qui passe.

Jared est notre lien et au fur et à mesure des jours, une amitié est née entre nous.

— Allez, habille-toi, la liberté t'attend.

Je me force à lui rendre son sourire, elle a raison, je dois en profiter.

J'ouvre mon sac si longtemps resté fermé pour en sortir un tee-shirt simple et un jean, que j'enfile rapidement.

Je ne sais même pas où aller ni quoi faire une fois dehors. Je n'ai pas de projets, personne qui m'attend. Mais à présent, je suis forte et je saurais surmonter tous les obstacles.

Je me redresse et lui annonce que je suis prête.

Elle m'attire dans ses bras, comme si c'était la dernière fois qu'on se voyait, ça me remue l'estomac et j'ai du mal à comprendre. Nous avons déjà prévu de nous revoir dans la semaine pour qu'elle s'assure que je ne manque de rien.

Elle finit par me relâcher et nous parcourons les quelques mètres qui nous séparent de l'entrée.

Je prends de longues inspirations pour me calmer et passe cette porte, signe de la fin d'une partie de ma vie. Je passe à autre chose, définitivement.

Une fois à l'extérieur, je suis enveloppée par la douceur de l'air, ce petit vent qui balaye mes cheveux, ce soleil qui brille sur ma peau. Ce sont de petites choses, qui pourtant sont essentielles.

La luminosité est si intense qu'il me faut quelques secondes d'adaptation.

— Ambre ! m'interpelle une voix que je connais bien depuis le temps que je le côtoie.

Je souris en voyant Elias posté contre sa voiture.

— Qu'est-ce que tu fais ici ?

— J'ai quelque chose pour toi.

Il sort une enveloppe et mon cœur s'emballe. Elle est bleu ciel, identique à celles que j'ai déjà reçu, une par mois depuis son départ. Mes mains se mettent à trembler, je suis excitée de savoir ce qu'il peut bien me dire.

Trop impatiente, je me dépêche de le rejoindre et la lui arrache quasiment des mains alors qu'il ricane.

Je la déchire trop pressée de le lire. Je n'ai jamais pu lui répondre, car il n'y avait aucun endroit où il aurait pu recevoir mes lettres. J'ai tellement de choses à lui dire.

Je tire la carte rose qui se trouve à l'intérieur et lis ses mots.

« Rendez-vous au Brésil »

C'est tout. Aucune information supplémentaire. Je reste fixé sur ce bout de papier un long moment avant qu'Elias explose de rire.

— Il faudrait te dépêcher, mon petit doigt me dit que l'avion part dans quelques heures et nous avons encore de la route jusqu'à l'aéroport.

Je suis totalement déconcertée. Il ne m'a jamais parlé de venir le rejoindre ! Il me raconte simplement ses aventures au fil des jours, comme un tableau de bord. Il me fait parfois part de ses sentiments, mais ça reste rare. Ne pas le voir ni lui parler est une torture.

— Mais je ne peux pas partir...

— Pourquoi ? Qu'est-ce qui te retient ici ?

Partir à des milliers kilomètres sans aucune idée de ce qui m'attend, vers l'inconnu, voilà ce qui m'effraie. Je ne sais pas ce que je vais trouver au bout du chemin. Et si nous avions tellement changé qu'il ne voulait plus de moi ? Et s'il avait trouvé quelqu'un d'autre ? Tant de questions qui me traversent l'esprit depuis des mois... J'ai peur des réponses, peur qu'il ne m'aime plus ou qu'en le voyant, mes sentiments ne soient plus aussi forts.

— Tu crois qu'il te fait venir pour te dire qu'il a quelqu'un d'autre dans sa vie ? me demande Elias, devinant mes tourments. (Il est clair que dit comme ça, se serait assez ridicule.) Vie Ambre, tu mérites d'être enfin heureuse avec la personne que tu aimes.

Mon cœur pulse si fort dans ma poitrine, je rêve de ses bras, de sa peau contre la mienne, ça me hante depuis tous ces mois.

— OK, soufflé-je.

Que risqué-je après tout ? Une nouvelle déception serait difficile à gérer, mais pas insurmontable. J'ai appris à ne compter que sur moi-même, ma psychiatre m'a fait faire de grands progrès qui me permettent de sortir aujourd'hui. Je me suis longtemps mis des œillères pour ne voir que ce que je voulais, jusqu'au départ de Jared. Cette période fut certainement l'une des plus dures de ma vie, mais également celle qui m'a mise en face de la réalité. Je ne savais pas me débrouiller seule.

— Allez monte, on va vraiment finir par arriver en retard.

Je ne me le fais pas dire deux fois.

Le trajet jusqu'à l'aéroport se fait en silence. Je suis dans mes pensées et me remémore chaque instant passé avec Jared. Jamais je n'aurais pensé en être aussi accro la première fois que je l'ai vu. Bien sûr, il m'a intriguée et quelque chose que je ne peux expliquer m'attirait vers lui, mais de là à penser que j'en tomberais folle amoureuse, il y avait un monde.

Une fois qu'Elias gare la voiture, il ouvre sa boîte à gant et en sort un billet d'avion.

Je l'attrape et me dépêche de le parcourir. Il n'y a qu'un aller simple, c'est bon signe, il me semble. Je n'avais pas vraiment de projets à ma sortie, mais je crois que ça vient de changer. L'excitation me gagne, je ne tiens plus en place et me dépêche de sortir de la voiture. Plus vite je serais à ma place, assise dans ce Boeing, et plus vite je rejoindrais l'homme de ma vie !

Elias me rejoint et nous avançons vers le hall indiqué sur le billet.

— Quelqu'un t'attendra à l'aéroport et te conduira à lui.

J'écarquille les yeux.

— Depuis quand préparez-vous tout ça ?

Un sourire illumine son visage.

— C'est un secret ma petite !

J'éclate franchement de rire avant de le prendre dans mes bras pour le remercier. Il est mon ange gardien. Malgré les périodes difficiles que j'ai connues, il a toujours été présent.

Nous rejoignons les portes de sécurité et je sais qu'il est temps pour moi de lui dire au revoir.

— Je vais le ramener, lui promis-je.

Jared n'est jamais revenu, et je sais que ça l'attriste, tout comme sa sœur. Elle aimerait lui présenter sa petite fille, Violette. Elle est toute mignonne et a un air de son oncle. Je suis certaine qu'il serait heureux de la prendre dans ses bras et de lui donner tout l'amour dont il est capable.

— Fais attention à toi et appelle-moi ! me dit Elias en me fourrant un téléphone portable dans les mains.

Je lui saute à nouveau dans les bras avant de m'avancer dans la file. Je ne peux empêcher mes larmes de dévaler mes joues, trop d'émotions me traversent et Elias va me manquer. Il est devenu mon confident, ça va être difficile d'être aussi loin.

Une fois la sécurité passée, je lui fais un dernier signe de la main et traverse un couloir qui mène aux portes d'embarquement.

Ça fait quatre heures que je suis confinée dans cet avion. J'ai déjà regardé deux films et lu deux magazines, mais le temps me paraît interminable. J'aimerais l'accélérer pour me trouver au plus vite à ses côtés.

Mes pensées dérivent vers les jours qui ont suivis le départ de Jared. La police a vite retrouvé Maxime et Greg.

Maxime était dans le coma alors que Greg a rapidement repris ses esprits. D'après ce que m'a dit Elias, Greg a tenté de faire porter le chapeau à Jared. Il l'a dénoncé, mais aucune preuve n'a été retrouvée. De plus, Elias lui a servi d'alibi. Il a raconté que Jared préparait son départ avec lui. Greg étant recherché pour trafic de drogues et meurtre de plusieurs femmes, il va avoir le droit à un procès et est incarcéré jusque-là.

Maxime, lui, se trouve toujours dans le coma et les médecins sont très pessimistes sur son sort. Ils ont prévenu Charlotte qu'elle devait se préparer au pire.

Ce qui fait que Jared est libre. Malgré tout ce qu'il s'est passé, il n'a pas à craindre de revenir en France. Je ne sais pas quels sont ses projets, mais nous sommes libres, autant l'un que l'autre.

J'ai dû finir par m'endormir car la voix du pilote nous annonçant notre descente me réveille.

Je me frotte le visage et remets mes vêtements en place. Nos retrouvailles approchent et je suis fébrile. Le revoir fait palpiter mon cœur. J'ai tellement hâte !

Une fois débarquée, je parcours le couloir qui mène jusqu'à la sortie. De nombreuses personnes nous accueillent et je repère très vite une femme, très jolie qui tend une pancarte en l'air avec mon nom inscrit dessus. Un pincement de jalousie s'empare de moi, mais je le fais taire immédiatement. Jared ne m'a pas fait venir pour rien !

Je m'avance et le sourire qu'elle me lance me rassure un peu.

Nous nous présentons rapidement avant qu'elle ne me fasse sortir de l'aéroport et que nous grimpions dans un 4x4. Je ne suis pas très à l'aise, ne connaissant rien de ce pays.

J'aimerais prendre le temps de visiter, de découvrir les paysages, mais je suis trop focalisée sur ce qui m'attend pour réellement en profiter.

Nous gravissons dans la colline de longues heures jusqu'à arriver au bout d'une piste.

— La suite se fait à pied, me dit-elle avec un accent très prononcé.

Je descends du véhicule et observe mon environnement. La forêt est à perte de vue.

— Suis les oiseaux, me dit-elle avant de me laisser là.

Je m'affole, comment suis-je censée me débrouiller ici, dans cet univers hostile ? Je ne suis pas du tout habituée à ce genre d'endroit, je n'ai toujours vécu qu'en ville. Et la plupart du temps enfermée entre quatre murs.

Je respire profondément avant de me concentrer. Où se trouvent ses oiseaux ? Je m'avance sur le chemin de terre et découvre des pierres au sol qui dessine un V. J'espère que ce sont les fameux oiseaux, parce que je ne vois rien d'autre qui pourrait y ressembler.

J'avance de quelques mètres et découvre un nouveau petit tas de pierres au milieu du chemin. Je suis soulagée et continue ma route. Le temps passe et j'ai l'impression de ne jamais y arriver. Mes jambes commencent à me brûler, je ne suis pas une adepte du sport, mes muscles ne sont pas habitués à autant d'effort.

Je marche, encore et encore jusqu'à ce que soudain, une petite clairière apparaisse.

Ma respiration s'emballe. Je le vois, au bord de ce qui a l'air d'être un précipice. Je pose une main sur mon cœur qui bat fort, lui aussi a reconnu son maître.

Tous mes sentiments débordent. Ils ont été en stand-by tellement longtemps que j'avais peur qu'ils aient disparu, mais il n'en est rien !

Jared se tourne vers moi et je n'ai qu'une envie : courir dans ses bras.

— Approche…, me souffle Jared, la main tendue.

Je ne me fais pas prier. Nous nous dévorons l'un l'autre du regard.

Arrivée près de lui, je m'avance lentement car le vide nous surplombe. C'est vraiment impressionnant. Je me concentre sur son visage qui m'a terriblement manqué. Ses traits n'ont pas changé, il est toujours aussi beau.

— C'est super haut ! lancé-je, ne sachant pas comment entamer la discussion.

Mais il n'a apparemment pas envie de discuter car il se jette sur ma bouche, comme s'il était mort de faim. Nos corps se percutent, se redécouvrent. Nos mains sont partout alors que j'essaie de me fondre en lui. Notre alchimie est toujours aussi passionnelle et j'en suis grandement soulagée. Nos baisers sont affamés, mais il finit par se reculer.

— Tu me fais confiance ? me souffle-t-il alors qu'il attrape ma main et se positionne face au précipice.

J'avise ce dernier, qui m'effraie. Je devrais douter, alors qu'au contraire, tout est clair dans ma tête, je donnerais ma vie pour lui.

— Évidemment !

Un sourire illumine son visage alors qu'il se penche vers moi et effleure tendrement mes lèvres.

— Tu es entrée dans ma vie sans que je m'y attende et tu y as foutu un bordel monstre. Jamais je ne me serais douté que tu serais la femme de ma vie et au-delà… Je ne sais pas à partir de quel moment je t'ai aimé, mais ça n'a jamais cessé. Tout a commencé le jour où tu n'as pas eu peur de moi, alors que mes doigts se sont serrés autour de ton cou. J'ai su à ce moment-là que tu étais spéciale. Tu m'intriguais et au fur et à mesure, tu es devenue mon évidence, mon univers. D'une force surpuissante, qui me faisait tout oublier. Tous ces mois loin de toi ont été terriblement difficiles. Chaque instant, me paraissait une éternité, mais tu es enfin à mes côtés. Nous n'avons jamais suivis les règles, et ce n'est pas aujourd'hui que nous allons commencer, ça ne nous ressemble pas…

Il tire un petit écrin de sa poche et je vacille. Mon cœur palpite alors que mes larmes inondent mon visage. C'est trop beau pour être vrai.

— Ambre, deviens la seule et l'unique, celle qui m'agace, autant qu'elle m'obsède.

Je n'attends pas une seconde pour lui sauter au cou. Je l'aime plus que tout au monde, ma réponse est évidente. Il est mon tout, l'être le plus important de ma vie.

— Pour toujours, soufflé-je.

Il se détache de moi pour ouvrir la petite boîte et en sort une sublime bague en or rose serti de trois petits diamants, avant de la glisser à mon annulaire.

Elle est discrète, mais tellement belle que mes larmes redoublent d'intensité.

— Tu es ma femme à partir de ce jour.

Jared n'attend pas une seconde de plus pour me rapprocher de lui et me serrer dans ses bras. Elle va parfaitement à mon doigt et rien ne pourrait me rendre plus heureuse. C'est le plus beau jour de mon existence.

— Tu es prête ?

J'ai tout ce qu'il me faut. L'amour inconditionnel de l'homme qui a fait de ma vie un rêve. Il a su éloigner mes démons, je lui en serais éternellement reconnaissante.

Soudain, je me sens bête, je n'ai rien à lui offrir, si ce n'est ma vie...

Jared se remet face au vide et me lance :

— Saute avec moi Ambre...

— Pour le meilleur et pour le pire.

— Je t'aime aujourd'hui et à jamais, me dit-il avant de m'embrasser fougueusement.

Tout à coup, il attrape ma main et me tire avec lui. Nous courrons un peu et ne nous arrêtons pas. Le vide nous accueille, nous volons comme des oiseaux, nous sommes libres...

Épilogue

Jared

Je flotte, je suis au paradis. Tout est lumineux autour de moi. Je porte une main à mon front pour me cacher un peu du soleil et tourne la tête. Je la cherche du regard. Où est-elle encore passée ? Je fais quelques mouvements de bras pour me rapprocher du bord. Si Ambre ne rapplique pas dans deux minutes, je vais devoir sortir de la piscine pour aller la chercher.

Nous nous trouvons en Italie, la fin de notre périple depuis deux ans. Nous avons voyagé dans le monde entier en découvrant toute sorte de cultures. C'est vraiment fabuleux et le partager avec la personne que l'on aime le plus au monde, est juste la perfection.

Je fais encore une longueur et me décide à sortir. Elle a eu du mal à se lever ce matin. Depuis quelques jours, elle ne se sent pas très bien, j'ai peur qu'elle ait attrapé quelque chose, mais elle est bornée et refuse d'aller voir un médecin. Si elle est encore dans le lit, je le fais venir, contente ou pas.

J'attrape une serviette et entre dans la villa que nous avons louée pour quelques jours. Nous avons plus l'habitude de nous loger chez l'habitant, mais comme notre retour en France est prévu d'ici quelques jours, je voulais lui offrir un peu de confort.

Nous allons retrouver ma sœur, sa fille et Elias avec qui elle entretient une relation depuis un an. Je suis à la fois pressé de les rejoindre, ils me manquent, je dois bien l'avouer. Mais je suis aussi triste qu'un pan de notre vie se referme. Tous ces voyages sont comme une drogue et il va être difficile de se poser quelque part.

Je traverse le séjour jusqu'à la porte de notre chambre. Ambre est postée devant la fenêtre. Je prends quelques secondes pour observer ma femme.

Je suis tellement fière d'elle et de notre couple. Elle est sublime, en maillot de bain, laissant découvrir trop de peau pour que je me contienne très longtemps.

Quand je repense à ce jour où je l'ai retrouvé, un élan de fierté m'étreint. Nous nous trouvions au-dessus d'un lac naturel et notre saut a scellé notre union. Elle était prête à tout pour moi sans savoir ce qui se trouvait en bas de notre chute. Son amour était tellement puissant qu'elle n'a pas hésité une seconde. Ce jour-là représente bien plus que n'importe quel papier signé pour nous.

Nous ne nous sommes plus quittés une seule seconde depuis et avons rattrapé tous ces jours passés loin de l'autre. Évidemment, tout ne s'est pas fait en un jour et nous avons dû écouter l'autre raconter ses aventures. Nous avions manqué des moments et nous nous sommes promis que ça n'arriverait plus jamais. La distance m'est à présent intolérable.

— Ça va mon amour ?

Ambre sursaute et se retourne vivement. Les larmes sur ses joues me hérissent les poils. Que lui arrive-t-il ?

Avant que je puisse demander une explication, elle se jette dans mes bras.

J'attrape son visage pour fixer ses pupilles émeraude.

— On a un problème…, souffle-t-elle fébrile.

Mon cœur a un raté, je m'imagine déjà le pire. Ne veut-elle plus de moi ? En a-t-elle marre de ces voyages, de ma présence constante ?

— J'ai fait quelque chose de mal ?

Ambre fronce les sourcils en secouant vivement la tête.

— Bien sûr que non ! Nous allons juste devoir modifier nos projets pour les prochains mois... Je ne pourrais plus voyager comme je le veux, notre tour de France devra être un peu reporté.

Ma gorge se sert alors qu'un frisson s'empare de moi.

— Que se passe-t-il Ambre ?

Je n'ai pas franchement envie d'entendre sa réponse, je suis terrorisé par ce qu'elle va me dire.

— J'abrite un intrus dans mon ventre.

Je cligne des yeux, ayant du mal à comprendre. C'est vraiment réel ? Nous allons avoir un enfant ? Je suis comme paralysé sur place, ne sachant pas vraiment comment réagir à cette nouvelle.

Bien sûr que ça me trottait dans la tête, encore plus en voyant régulièrement ma nièce en appel vidéo, mais un bébé qui soit le fruit de notre amour, je n'ai jamais osé y rêver.

Je n'étais pas certain qu'Ambre soit prête pour ça, mais on dirait qu'on va devoir s'y faire !

— Tu n'en veux pas c'est ça ? sanglote-t-elle, me faisant revenir au moment présent.

Elle est loin du compte !

— Déshabille-toi ! lancé-je en me reculant.

Elle m'observe ne sachant pas comment réagir à mon ordre, mais elle finit par s'exécuter. C'est plutôt rapide étant donné qu'elle ne porte qu'un minuscule maillot deux pièces.

Je la détaille des pieds à la tête, imprimant son corps dans mes rétines. Je l'aime à en crever.

— Allonge-toi.

Elle me jauge encore une fois avant de grimper sur le lit et de s'étaler au milieu.

Je fais glisser mon maillot le long de mes jambes et elle n'en perd pas une miette. Je pensais que nos relations au centre étaient au sommet, mais je me trompais. Plus nous pratiquons et connaissons le corps de l'autre, et plus notre plaisir est décuplé.

Je m'avance vers elle, guettant ma proie. Mes doigts glissent de son pied jusqu'à son intimité en l'effleurant et continuent sur son ventre où je m'attarde. Je le caresse tendrement. Et dire qu'à l'intérieur se cache un petit être. C'est assez incroyable !

J'aimerais la rendre folle de désir, mais mon membre est droit comme un piquet, je ne peux plus tenir.

Je grimpe à ses côtés et écarte ses jambes pour me placer entre elles. Je m'assure qu'elle soit assez excitée pour me recevoir avant de m'enfoncer d'une poussée dans son antre.

Ses gémissements m'excitent d'autant plus alors quand je la pilonne. Elle m'appartient, elle est ma femme !

Ambre s'accroche à mes bras alors que son orgasme explose, m'emportant avec elle.

Nous sommes en symbiose.

Nos vies ont été compliquées et sont passées par des étapes difficiles, mais je ne changerais absolument rien, parce qu'aujourd'hui, je suis dans les bras de celle qui me montre ce qu'est le bonheur. Ambre m'a redonné vie, elle m'a souvent dit que j'étais son sauveur, sauf qu'elle ne se rend pas compte à qu'elle point elle l'est également pour moi.

— Alors tu ne m'en veux pas ?

J'attrape son visage pour qu'elle voie mon regard.

—Tu penses vraiment que je ne suis pas heureux de cette nouvelle ? C'est absolument extraordinaire et fabuleux ! Tu fais de moi le plus heureux des hommes.

Sa bouche percute la mienne sans aucune retenue.

— Tu m'as sortie de ma cage pour m'aider à m'envoler, susurre-t-elle.

— Et tu m'offres un petit oisillon…

FIN.

Remerciements

Merci infiniment à vous qui venez de finir ce deuxième tome. J'espère que cette histoire a pu vous faire partir dans un autre monde pendant quelques instants. Je suis triste de quitter mes personnages, mais je leur laisse vivre leur vie comme ils l'entendent.

Je remercie Ju qui a pris un temps fou pour me faire un super montage pour ma couverture. Merci de n'avoir rien lâché.

Je remercie Aurore pour sa correction et ses relectures, ainsi que pour son soutien quotidien.

Je remercie Audrey qui a commencé la correction. Nos chemins se sont séparés, mais merci pour tout.

Merci à mes betas lectrices, Nadia, Sandrine, Aurélie, Ju et Aurore. Merci de me supporter chaque jour et vos avis toujours avisés, vous êtes vraiment au top du top.

Je remercie toutes les chroniqueuses qui ont bien voulu de mon livre. Merci pour le soutien que vous nous apportez.

Merci à mon mari d'accepter toutes ces heures passées sur mon ordinateur. Je t'aime mon amour.

Merci à ma maman qui est toujours derrière moi. Qui me demande toujours des nouvelles de mes histoires. Je t'aime très fort.

Et enfin merci à mon bébé chien qui est toujours fidèle à lui même. Toujours à mettre ses peluches sur mon clavier, mais que j'aime tellement.

N'hésitez pas à mettre votre avis sur le site de vente. C'est vraiment important pour chaque auteur. Merci d'avance pour ces quelques minutes prises pour ça.

Si l'envie vous en dit de venir discuter avec moi, n'hésitez pas à me contacter sur ma page Facebook à mon nom ou par mail : <u>thaniaodyne@gmail.com</u>.

~ 243 ~